光文社文庫

文庫書下ろし

女王刑事（デカ）
闇カジノロワイヤル

沢里裕二

光 文 社

この作品はフィクションであり、特定の個人、
団体等とはいっさい関係がありません。

著者

目次

第一章　忘却の空

1

羽田空港国際線ターミナル。二階到着ロビー。

トレードマークの真っ赤なスカートスーツに身を包んだ肉付きのよい女が、颯爽と歩を進めた。一瞬開いた自動扉の向こう側に、出迎えるべき賓客を見つけたようで、女は、軽く笑みを浮かべると、いきなり早足で進みはじめた。

ＳＰの紗倉芽衣子は慌てて真横に付き添った。

女は内閣府特命大臣、及川茉莉である。

ふたりの同僚ＳＰも及川の背後をカバーしている。大臣警護としては手厚い三名体制だった。しかも全員女性警護員だ。チーフＳＰは芽衣子である。

すぐに正面の自動扉が開き、入国審査を終えたばかりの乗客三人が、にこやかな表情でロビーへと出てきた。アジア人だ。

「ごめん、彼らじゃなかったわ。あの後ろから来る白人たちみたい……」

大臣がそう言って、右手を上げた瞬間だった。

耳を劈くような爆音が轟いた。同時に目の前にオレンジ色の火焔と白煙が吹き上がり、たった今出てきたばかりの三人の身体が宙に浮き、手足がばらばらになって飛び散った。ロビー側にあった大型キャリーバッグが大爆発を起こしたようだ。

置き去りにされたキャリーバッグだ。

「大臣！」

芽衣子は、爆風に煽られながらも、ただちに、及川茉莉の肩を抱き寄せ、フロアに身を伏せた。

すぐさま同僚の女性SPふたりが、伏せた大臣の前後にそれぞれ片膝を突き、盾となった。谷口彩夏と杉崎美雪だ。谷口が前方、杉崎が後方の護りについた。

男性の第一秘書が少し離れた位置に蹲っている。

テロ？

芽衣子は大臣の身体を覆ったまま、首を振り左右に視線を巡らせ、状況把握に努めた。爆発地点から上がる黒煙とは別な方向から白煙がもうもうと、舞い上がり始めている。

これは発煙筒の臭いだった。

「大臣、退避します」

ロビー内に煙幕が充満したら、方向感覚を失う。一気に退避できるのはいまのうちだと踏んだ。

「ちょっと待って。とりあえずモナコの代表団の安否を確認しないと、私としては、まずいでしょう」

及川茉莉が白煙の方を向いている。四十五歳、美貌の持ち主だが、ここ数日、市議選の応援で地元熱海（あたみ）に張り付いていたため、声はしわがれている。

「いえ、IR担当相としてのお立場はわかりますが、これは緊急事態です。即時退避するのが鉄則です」

芽衣子も眼に力を込めて言い返した。事務方の助言に耳を貸さない政治家は大勢いる。だがSPは、時として強引にでも警護対象者を危険区域から連れださねばならない義務がある。

「そんなに怖い顔しないでよ。あなたのその鋭い眼、昔の日活（にっかつ）アクションで活躍した女優さんにそっくりね。名前も同じだし……あの女優もたしか芽衣子さん……」

芽衣子はその言葉を無視し、襟章（えりしょう）の脇に挿してあるピンマイクに囁（ささや）いた。

「こちら0警護班、緊急退避します。専用車を至急エントランスプラザのハイヤーレーンへ」

「了解！」

内閣府のドライバーが即応してくれた。芽衣子はむりやり及川の身体をエスカレーター方向へと返した。

「杉崎、一気にハイヤーレーンへ！」

向きが変わり、後尾ではなく先頭に立つことになった同僚の杉崎に早口に伝えた。

「了解、前進します」

杉崎が警棒を抜き、零時の方向へと突進しだした。芽衣子は大臣の肩を抱いたまま続いた。背後を護る谷口も警棒を抜いている。

四人はそのまま、一階へと降りるエスカレーターへと向かった。

羽田空港国際線ターミナルの到着ロビーから延びる出口は、モノレール、京浜急（けいひん）行、バス、タクシー、国際線ターミナル駐車棟方面と、帰路の目的によってさまざまだが、大臣専用車が滑（すべ）り込んでくるはずのハイヤーレーンへは、エスカレーターで一階へ降りることになる。

「早く、下へ」

エスカレーターに人々が殺到してからでは、政治家という立場上、及川は率先して降りることが困難になる。それを見越しての芽衣子の即断だった。

幸いと言っては何だが、二階のロビーにいる人々はみんな茫然自失の様子で、立ち竦んだままだった。

四人は、ただちにエスカレーターに飛び乗り一階のエントランスプラザに降りた。ハイヤーレーンへと繋がる階だが、すでに、この階にも白煙が舞い降りてきているようで、フロア全体に靄がかかっているようだった。

「大臣、ここから全力疾走で行けますか」

大臣専用車まで百メートルとみて、芽衣子は伝えた。

「私なら平気よ。足腰は鍛えているから」

及川茉莉が不敵な笑いを浮かべながら、真っ赤なタイトスカートを十センチほどたくし上げた。ナチュラルカラーのストッキングに包まれた太腿があらわになる。国会で乱闘があるたびに、国民の視線を釘付けにする美熟女のむっちり太腿だ。

「杉崎、ゴー！」

芽衣子が言い放つと、先頭の杉崎が一気に駆けだした。自分たちも全力でついていく。背後の谷口は、わずかに間隔を広げてついてくる。暴漢に対する視野を広げるためだ。この場合、秘書官が遅れようが知ったことではない。護るべきは、大臣のみだ。

正面から、濃紺の出動服を着た機動隊員たちが、ポリカーボネート製のシールドを抱えながら、押し寄せてきた。羽田空港周辺には常時機動隊の装甲車が待機している。その一隊であろう。

「及川茉莉国務大臣、退避します。現場は二階！」

杉崎が、自分の赤バッジを指さして、先頭の機動隊員に叫んでいる。

「了！」

先頭の男が右手を突き上げ、左右に振る。「散れ」のサインだ。背後の機動隊員たちが、見事に左右に分かれてすれ違っていく。

隊員の背後から私服刑事らしい眼光の鋭い男たちも数人、駆け込んできている。警視庁の刑事部、公安部、組織犯罪対策部の刑事が入れ乱れているに違いない。

エントランスプラザの正面出入口を飛びだすと、すでに黒塗りの大臣専用車が待機しており、扉の前に第二秘書が立っていた。

杉崎が助手席へ、芽衣子は大臣と共に後部席へと座った。谷口は第二秘書と共に、後続のミニバンに乗り込む。後続車は第一秘書を待って出発するはずだ。

「内閣府へ戻ってください」

秘書に代わって芽衣子が運転手に告げた。

及川茉莉は、内閣府特命大臣、昨年の内閣改造で新設されたＩＲ推進担当相である。黒塗りの専用車が首都高速の入口に向かって滑りだした。

そのときだ。今度はターミナルの正面にあるパーキングタワーから派手な爆発音が聞こえた。見やるとパーキングタワーの一階から、白煙が上がっていた。

連続爆破だ。

「映画で見る爆発シーンよりも地味ね」

及川茉莉はスカートの皺を伸ばしながら言っている。肝が据わっているのか、鈍感なのかわからない。おおむね政治家とはそんなものだ。

「実際、油性物に引火しなければ焔はさほど上がらないものです。戦場の爆破シーンでも、白煙と破壊されたコンクリート破片だけが飛び散るというのが普通ですね」

芽衣子も淡々と答えた。

映画やドラマで、拳銃やマシンガンで撃たれた車がよく大爆発を起こすが、それも現実では少ない。ガソリンに引火しない限り、ボディに穴が開くだけだ。

そのとき、パーキングタワーの出口から、猛烈な勢いで白いミニバンと二台のオートバイが飛びだしてきた。あっという間に、大臣専用車を追い抜き、首都高速方面に消えいく。芽衣子は咄嗟に公用スマホを取りだし、ミニバンのナンバープレートを撮影した。品川ナンバーだった。

画像をただちに警視庁警備部警護九課の課長、明田真子に送信する。同時に、ここまでのいきさつをメールで簡潔に報告した。

「モナコの通商代表団を狙ったものかしら」

一息ついたように、及川が言い、車に置きっぱなしにしてあったハンドバッグから口紅とコンパクトミラーを取りだした。

「モナコと断定はできませんが、ＩＲサミットとなんらかの関係があるかも知れません」

芽衣子は答えた。ＩＲサミットとは、俗称である。正確には『統合型リゾート事業六か国会議』。

日本ＩＲ財団の主催で、明後日から三日間にわたって開催される予定になっている。外務省と内閣府が後援していた。

二〇一六年に可決した統合型リゾート（ＩＲ）整備推進法に基づき、日本国内では、すでにさまざまな事業者が水面下で共同事業体（コンソーシアム）を結成しつつある。ホテルを中核に、映画館、劇場、国際会議場、ショッピングモール、スポーツアリーナなどを展開する一大事業は、東京オリンピック・パラリンピック終了後の最大の景気浮揚策と目されている。永続的な事業となる統合型リゾート事業は、オリンピック以上の経済効果をもたらすとも言われている。

開発に関する建設事業やホテル運営、飲食、エンタティンメントなどに関する多くの企業が、その利権を狙って、水面下で激しい駆け引きを展開しているのが実情だ。

法律の成立後、直ちに候補地を決定せず、二〇二二年まで先延ばしにしているのは、東京オリンピック・パラリンピックとの兼ね合いだ。与党民自党としては、あくまでもオリンピックの終了後の景気浮揚策として、残しておきたいからだ。オリンピック、パラリンピックのスケジュール次第では、候補地決定の日程もさらに延期される可能性もある。

だが、ＩＲへの動きがいよいよ本格化しようとしている。

そうした中で、激しい利権争いを繰り広げているのは、国内企業ばかりではない。海外のカジノ運営会社も水面下で壮絶なアピールを仕掛けている。

カジノ後進国である日本の共同事業体には、経験あるカジノ運営会社の参画が求められるからだ。

明後日からのＩＲサミットには、カジノ先進国であるアメリカ、モナコ、シンガポール、中国（澳門）、韓国、オーストラリアのカジノ運営会社幹部がこぞってやってくる。

それぞれの国の政府も、これを後押しするために必死だ。

ＩＲ担当相である及川茉莉は、一番手に来日するモナコ代表団を出迎えることになっていたのだ。

「さっきの爆破で吹っ飛んだ人たちは、どうなったのかしら？　いちおう私、目の前にいたわけだから、マスコミから問い合わせがあったらコメントを出さないと」

口紅を塗り終えた及川が言った。

「すぐに確認します」

そう伝え、再びスマホを取りだすと、ちょうど課長の明田から電話が入った。

「紗倉です」

「画像はもらったわ」

「空港爆破に関係する可能性があるかと」

「たったいま、警備部（うち）と刑事部、組織犯罪対策部、公安部の合同会議が招集されたところよ。画像はすでに回してあるわ」

「爆破による被害状況はわかりますか？　大臣がコメント出すためにレクがほしいと」

レクとはレクチャーのこと。関係する官僚が、大臣に政策や現況を常にレクチャーするのだ。

「死亡者は三名。上海（シャンハイ）から帰国した日本人商社マンたち。七菱（ななびし）商事の食品部に勤務している駐在員でした。彼らが狙われたのか、巻き込まれたのかは不明。もちろん及川大臣を狙ったという線も考えられます。捜査支援分析センター（ＳＳＢＣ）が総出で、いま空港内の防犯カメラから周辺のＮシステム、民間防犯カメラを一斉に拾い上げているところ。紗倉の撮ったミニバンの車番は、マスコミ的にいえばスクープよ。まだ首都高を走っているなら、覆面で追い詰められるって。爆破物の成分や仕組みに関しても、鑑識中。ただし、紗倉たちは、とにかく及川大臣の警護に集中して」

明田が早口に言った。

ＳＳＢＣは、二〇〇九年に警視庁刑事部に設置された、主に電子化情報の分析を行う即応部隊である。デジタルフォレンジックと呼ばれる電子機器の中に残されたデータ（痕跡）の解析や防犯カメラの映像分析による被疑者の割りだしで大きな効果をあげている。ＳＳＢＣが総力を挙げれば、早期に被疑者を割りだし、その前足や後足についても、炙りだしてくれることだろう。正直、刑事が目撃証言の聞き込みをするよりも百倍早い。

「大臣が出迎えるはずだったモナコの通商代表団は無事ということですね」

「ちょっと待って。いま調べる」

明田がキーボードを叩く音がした。

「十人全員が無事。ただし、あと十秒早く自動ドアを通過していれば、爆死したのは彼らになっていた可能性大。そこらへんをどう見立てるかが、ここから会議の主題になるわね」

つまり無差別テロか、特定の人物を狙った犯行か、これから検証するということだ。及川を狙った可能性についても検証する必要があるだろう。

いずれにせよＳＳＢＣの分析結果を待つしかない。

「わかりました。こちらは、内閣府に戻ります」

「秋川を交代に送るので、紗倉は帰庁して」

明田が、声を潜めて言う。爆破現場の目撃者としての聴取があるのだろう。

「了解しました。大臣室で秋川に引き継ぎます」

芽衣子はスマホを切った。秋川涼子は、もっとも気が合う同僚だ。担務は都知事だが、交代要員になってくれるということは、今日は、課内待機だったのだろう。

及川に報告する。

「モナコからの代表団は、全員無事です。ご安心を」

「よかったわ。けれど、明後日のIRサミットの開催は、再検討すべきね。せーので集まるのではなく、個別の会談に変更するべきかも。澳門、ベガス、モナコ、ソウル。頭が痛いわ。速攻、菅沼さんと相談しなきゃ」

菅沼とは、菅沼重信官房長官。総理の懐刀であり及川の後見人である。

「自分たちは、日程と方式がどう変わろうとも、警護に全力を尽くします」

警護対象者のひとりごとも、聞いたSPには守秘義務がかかる。聞いても喋れないことが増えるほど、それはストレスになるのだ。

芽衣子は、警護以外のことは忘れることにしていた。

2

大臣専用車は、霞が関出口へむけて法定速度で走行していた。

空は灰色。首都高速道路に並行するモノレールの赤い色だけが、妙にくっきりとしており、浮きだしているように見えた。

都心環状線へと繋がる浜崎橋ジャンクションに差し掛かったところで、運転手が突然、減速した。

「渋滞のようです」

運転手が言った。大臣専用車は左車線を走行していた。

「それも事故の直後のようですね」

助手席の杉崎が前方を指さしながら言った。

見ると、玉突き衝突が起こったようで、破壊された数台の車が左右の車線を塞ぐ形で駐まっていた。中央に先ほど空港のパーキングターミナルから飛びだしてきた白のミニバンがいる。前後のボディがへこみ、サイドウインドウが割れていた。微かに白煙を上げているように見える。側道に二台のオートバイも駐まっていた。オートバイは無事のようだ。

事故現場までの距離は約五百メートル。間に三台の車がいた。黒のセダン、荷台に幌を被せた軽トラ、シルバーのワゴン車だ。いずれもすでに完全に停車している。大臣専用車は、その最後尾につくことになった。

「わかっていたら、芝浦で降りたのですが」

運転手が舌打ちし、ステアリングを軽く叩いた。

芝浦出口はたったいま通過したばかりだ。もはや事故現場を越え、首都高環状線へと合流し、芝公園出口にたどり着くまで下の道に降りるすべはない。

確かにこれはドツボに嵌った。芽衣子も唇を強く噛んだ。

二台先にいる軽トラから、運転手が降りてきた。頭に手ぬぐいを巻き、カーキ色の作業服を着た若者だった。そいつが事故の現場に向かって歩きだしている。文句を言っても始まらないだろうが、言いたい気持ちもわからないではない。

「これ、身動きが取れなくなるってこと?」

及川が、眉根を吊り上げ、その美貌を歪めた。

「パトカーが到着したら、道を開けるように要請します」

それしか手立てはなかった。いま自分が警察手帳を掲げて出ていき、所轄の交通課よりも先に車両整理をすることは、現場保存の原則に逆(さか)らうことになる。

「とりあえず、爆破現場を目撃した閣僚として、菅沼さんに電話を入れておくしかないな」

及川がスマホを取りだし、タップし始めた。内閣府に戻れるのがいつになるかわからなくなったのだから当然だ。

「長官、及川です」

と及川が、言った瞬間だった。

事故現場のミニバンから、黒い人影が現れて、いきなり石のような塊(かたまり)を投げつけてきた。たったいま運転手が降りた軽トラのあたりに落下しようとしている。

助手席の杉崎が声を引きつらせた。

「あれ手榴弾(パイナップル)です」

「えっ」

さすがの及川もスマホを耳に当てたまま、腰を浮かせた。

「全員降車！」

芽衣子は叫んだ。

後部扉を開け、及川茉莉の手を引き、車道に転がるようにして降りた。三メートルほど後退して側道の縁に寄る。

あっという間に、軽トラがオレンジ色の火焔と黒煙を纏い、灰色の空に跳ね上がった。空中で、粉々になり、金属片が周囲の車に振りかかっている。

前後の車に乗っていた人たちが、車を飛び降り、一斉に後方に逃げてくる。

「まいったわね。今度は、まるで映画のワンシーン」

コンクリートの上に両膝を突いた及川が、手庇を翳して、爆破地点を見やっている。ストッキングのあちこちが破れていた。

「あの軽トラ、荷台にガソリンをたっぷり詰めたポリタンクと炸薬を積んでいたんでしょう」

芽衣子は声を尖らせた。そうでなければ、あれほどの爆破は起こらない。

炎上する様子は実にセクシーだ。修羅場に燃えるのは、悪い癖だ。正直、濡れた。

もちろん口には出さない。

数台後ろに秘書と谷口を乗せた車が到着していた。秘書ふたりと谷口が、駆け寄ってくる。

「杉崎、谷口、大臣を護って」

「了解！　でも紗倉チーフは？」

谷口彩夏が言った。

「爆撃の現行犯だよ。SPだからって守り専門とばかりはいかないわよ」

芽衣子はすでに、腰の裏側のホルダーから拳銃を抜きだしていた。警視庁の制式拳銃サクラM360だ。

「いやいや、一人で立ち向かうのは無理でしょう。私が援護を」

谷口が言う。

「いや、ふたりは大臣から離れないで」

芽衣子は命じた。同じ歳の同僚ではあるが、この警護チームの主任は芽衣子だった。ふたりの同意は得ずに、芽衣子は白のミニバンに向かって走りだした。

かなり昂(たかぶ)っていた。

はるか後方からけたたましいサイレンの音が聞こえてきたが、渋滞の中では、まだ時間がかかりそうだ。

手榴弾を投げた男の姿が見えた。黒のタートルネックセーターにジーンズ。フェイスマスクを被っていた。軽トラから降りた頭に手ぬぐいを巻いた男と話している。言葉までは聞こえない。だが、ふたりは親しげで、仲間であることは間違いなさそうだ。ふたりは二台のオートバイの方へと駆けだしている。オートバイは爆弾犯のピックアップ担当ということらしい。

つまり、彼らは首都高速でも爆破を計画していたことになる。これで及川茉莉も標的にされていた可能性が高まった。

やり返さないと気が済まない。

芽衣子は、木っ端微塵になった軽トラの脇を抜けて、白のミニバンの真後ろのセダンの脇に身を寄せた。

フェイスマスクの男と手ぬぐいを巻いた男が、オートバイの後部席に跨りヘルメットを被ろうとしていた。二台並んでいたが、フェイスマスクを被った男が手前だった。

そいつの太腿に狙いを定める。距離二十メートル。

フェイスマスクの男が、オートバイのドライバーの腰に手を回す。エンジン音が甲高く鳴った。

芽衣子は、拳銃のトリガーを引いた。乾いた音と共に、弾丸が飛びだした。弾倉が回転する。残り四発だ。

「うっ」

男が呻いた。右の太腿に命中したようだ。二発目、オートバイのガソリンタンクを狙う。誤射と言い訳しよう。

「死んじゃえ！」

本気でそう思って、トリガーを弾いた。火には火だ。

「うわぁ」

オートバイドライバーの悲鳴が聞こえた。タンクは外したようだ。バイクが前進した分、ドライバーの腰に当たったようだ。

後部席のフェイスマスク男が振り向いた。リモコンのようなものを向けてきた。一度腕を上げて、斜めに振った。たすき掛けに切るようなポーズだ。

芽衣子の目の前で、白のミニバンが大爆発した。

「うわっ」

眼の前がオレンジ色に染まった。熱風に顔が覆われ、足元が揺れた。コンクリートに身体が打ちつけられる。金属やガラスの破片がいくつも飛んできた。そいつをもろに被る。

「うっ！」

自分の前髪と睫毛が焦げる臭いを嗅ぎながら、前方を見やると、すでに二台のオートバイは発進していた。側道を抜けて一直線に浜崎橋ジャンクションへと消えていく。

二分ほどで、白バイ隊がやってきた。五台だ。

「犯人(ホシ)はバイク二台で逃走。車番……」

辛(かろ)うじて記憶していた車番を告げた。

二台の白バイがサイレンを鳴らして追っていく。残り三台が、交通整理に当たった。しかしパトカー、救急車、レッカー移動車がやってきて、大臣専用車がこのポイントを通過できるようになるには、最低一時間はかかるだろう。

芽衣子は、首都高の壁に背をもたせながら、呟(つぶや)いた。とにもかくにも大臣は無事だ。

「まいったけど、こういうのって、けっこう快感」

先鋭的なアーティストが作る複雑怪奇なオブジェと化した白のミニバンと軽トラを交互に見比べながら、芽衣子はそう呟いた。修羅場、鉄火場ほど燃える性分だ。

あいつら、いずれぶっ殺してやる。

3

警視庁警備部警護九課の小会議室。窓から、深い緑に覆われた皇居の森が見えた。

明田真子がその窓を背にしている。芽衣子は言い訳した。

「発砲しなければ、彼らは、間違いなく及川大臣に向けて、手榴弾を投擲（とうてき）したものと思われます。威嚇射撃する必要がありました」

眉毛も焼けてしまったので、アイブロウペンシルで描いてきている。その眉を吊り上げながら言った。

「その言い訳、通じませんね。何が威嚇ですか！」

課長の明田真子が、冷ややかに口を開いた。三十四歳で階級は警視。つまり官僚（キャリア）だ。

「威嚇です。さらに言えば逃亡阻止ために、脛（すね）を狙いました。体勢不十分だったために、太腿と腰に当たったことは、反省しています」

「通じません。現場の監視カメラにあなたの銃口の角度がはっきり写っています。

幸い現場に居合わせた人たちがスマホ撮影した映像は、すべてあなたの後ろ姿だったので、特定はされていませんが、Nシステムはあなたの顔も手元もはっきりとらえていました」

銃口の角度と言われて、ドキリとした。そこを突かれると痛い。

一般人が、手榴弾に慄き、全員後方に下がっていてくれたのは、まさに幸運だったということになる。そして爆発車の前方には、すでに車はいなかった。芽衣子の顔も手元も一般人に撮影されずに済んだのは、そのためだ。もし映像があったら『容疑者を狙い撃ちする女刑事』とでもタイトルをつけられて、今ごろはネットに拡散されていただろう。

「いや、狙ったのは、脛で、体勢不十分のために、やや銃口が上に向いてしまいました。狙いが狂って太腿に当たってしまったことは反省しています」

それでも、いったんはシラを切ろうとした。

「紗倉いい加減になさい。あなたの銃口はオートバイのガソリンタンクを狙っていたじゃないですか。たまたま、標的が動いたので腰に当たっただけ。そうでなければガソリンタンクが爆発していたでしょう！　それ命を狙うのと同じことよ。懲戒免職です」

明田が、テーブルの上を拳で叩いた。

すでにきっちり調べ上げられている。そこを見抜かれていては、いかなる抗弁も難しい。あの瞬間、自分は明らかに殺意を持っていた。芽衣子は肩を竦めた。まいった。これは腹を決めるしかない。

「おっしゃる通りです。頭に血が昇りました。警察官として失格ですね。本来なら確かに免職されても仕方のないところです。潔く、辞表を提出します。退職金も今月分の給料も放棄したうえでの依願退職という形でよろしいでしょうか」

芽衣子は素直に非を認めた。

依願退職を求めたのは、名誉を守ろうとしてのことではない。懲戒免職処分となれば、自分だけではなく、目の前の明田やその上の警備部長にまで、何らかの処罰が下される可能性がある。発砲の状況を世間が知らないのであれば、自分が退職することで、この問題は一件落着にできるのではないか。

謹慎や異動させられることは考えていたが、まさか辞職することになるとは思っていなかった。

だが、晴れ晴れとした気分になった。どこかに、これはこれでよいという気持ちがあった。

不遜だが自分の胸の片隅には、悪には悪意をもって挑むしかないという思いがある。そうでなければこっちがやられる商売だ。

「辞めて、また、女王に戻る気ですか？」

明田に見透かされたように言われた。芽衣子は、元ＳＭの女王の経歴を持つ。学生時代のことだが、六本木ではナンバーワン女王と言われた。

「それも選択肢のひとつです。ＳＰになるために生きた心地がしないような厳しい訓練を受けました。ＳＭ界に戻って過酷な責め苦を望む人たちに、あの指導を生かすのも世のためかと」

ＳＰの教官のほとんどは、魔王にも女王にもなれるような人材だった。退官後はあの業界に転向するのがベストだ。

「では、あなたの希望を受けて依願退職を認めます。勤続六年ですから、退職金は少ないですが、ないよりはマシでしょう。懲戒免職では支給されませんから」

実にあっさりした言い方だ。

「ありがとうございます」

芽衣子は一礼した。

「そのうえで再任用します。非正規の任用です。まぁバイトのようなものです」

明田は顔色一つ変えずに言った。

「はい？」

意味がわからない。そもそも警視庁は霞が関一のブラック官庁だが、この上司は、いったい何を言いだすつもりだ。

「あのね、あなたを一人前のＳＰに育て上げるために、どれだけの税金を使ったと思っているんですか。それを省みないで、辞めて、ＳＭの女王に戻れるなんて思わないで」

まるでブラック企業の社長のような口ぶりだ。

「ＳＰを辞めて、何をしろと？」

「これまでの経験を生かせる任務に再度就いてもらいます」

明田は唇を舐めた。妙に色っぽい仕草だ。

早い話が懲罰的な異動。そういうことではないか。それにしても、わざわざいったん依願退職させて、非正規で採るとは、いやらしすぎないか。

「わかりました。異動をお受けします」

どうせほとぼりが冷めたら、警護九課に戻すということだろう。

芽衣子はそう読んだ。

どうせ離島の交番勤務あたりだろう。それも悪くはない。一時的にせよＳＰの緊張から解放されるのはありがたい。

「あなた、交番勤務とか、ミニパト勤務とか、そんなところへの異動だと思っているわけじゃないでしょうね」

額（ひたい）に汗が浮かんだ。

明田が、最近メンタリストの訓練を受けているというのは本当らしい。

「いえ、そんなことは考えておりません」

とりあえず否定し、それではどこかと考える。

どこかの所轄の組対課（マルボウ）あたりか？　芽衣子はSPになる前は麻布西署（あざぶにし）のマルボウである。

「あなたの、警察官としての人事データは、今後ダブルスタンダードになります。麻布西署のマルボウで、三年間SPだった紗倉芽衣子は本日付けで退職しました。今後は、まったく別の名前で再雇用されます」

「はい？」

と返事をしたものの、背筋が伸びた。それは、再雇用ではなく裏雇用では、と聞きたくなる気持ちを抑えた。

「任務によっては警視庁に存在しない人間になる可能性もあります」

明田が厳かに言う。

「ひょっとして特殊部隊（SAT）ですか？」

芽衣子は、眼を輝かせて答えた。気持ちが昂り、股間が濡れた。

SATは警備部の中でも、特殊中の特殊部隊だ。テロ対策作戦が主務で、重要施設占拠事案等に出動し、鎮圧することを目的にしているが、鎮圧とは狙撃を意味する。

主に機動隊員の中から一際強靭な肉体と精神力を持つ者が選抜される。隊員の個人情報、顔写真などは、完全に秘匿されている。

「ガソリンタンクを狙い、腰に当ててしまう程度の腕前で、SATにはなれません。うぬぼれないでね、女王さん」

明田が皮肉めいた口調で言い、ファイルケースから数枚の用紙を取りだした。

「二時間後に、この用紙を持って府中に行ってちょうだい」

「府中……」

そこは警視庁の警察官なら誰でも懐かしく思う地名だ。それと同時に、まさかという気持ちも湧いてくる。急いで、渡された用紙を確認した。やはり警察学校とあった。

「あの、一からやり直せということでしょうか？　それとも教官見習いでしょうか」

狼狽えながら明田に確認した。

芽衣子はすでにこの警察学校に二度通っている。最初は新人訓練。ここを卒業しない限り警察官にはなれない。たとえ、警視庁音楽隊に進む音大出身者であっても、ここで、柔道、剣道、合気道、逮捕術などの過酷な体育教練を受けなくてはならない。当然、警察官に必要な規律や法令もみっちり叩き込まれる。

六年前、芽衣子は、優秀な成績で新人研修を終えている。

二度目はＳＰになるための特別研修だった。三年前だ。

このときはまったく特殊訓練であった。三対一どころか、十対一の戦闘訓練など、新人時の訓練とは比較にならないほどきついものだった。テロリストや暗殺者は、殺す気で襲ってくる。それに対応するには、こちらも命懸けで戦う精神と技術を身につけなければならないからだ。

三度目は？

「再学習でも教官見習い研修でもありません」

明田が、クイズの出題者のような顔をした。

「では？」

「普通に考えればわかることです」

まだ焦らすつもりだ。

SP以外に新訓練が必要な部門。ひとつだけ思い当たる部署があった。

「あなたは、過酷な訓練を受けたSP警察官ですよ。その警察官を、さらに警察学校に送り込むのは、新たに特殊な訓練を受けてもらうために決まっているじゃないですか。あなたの警視庁でのデータは二時間後に消されます。あなたが府中につく時間には警視庁に紗倉芽衣子という人間はいなくなります。ここまでヒントをあげているのに、鈍いですね。やはりあなたには、次のミッションは無理かもね。どうやら人事二課にはあなたの異動先を離島の駐在所に変えるように進言した方がよさそうね」

明田が立ち上がった。窓外の皇居の緑に視線を向けている。

「公安……」

芽衣子は、おそるおそる、思い浮かんでいたその部署名を口にした。明田が向き直る。正解、と告げるように微笑んだ。

「非正規（バイト）の公安捜査員ってありですか？」

「意外とたくさんいます。非正規ですから公務員規定外の報酬が支払われます。非正規が安いわけではありません」

「マジですか」

胸が高鳴った。

「本来なら、三か月の訓練を行って適性を見極めるのですが、SPからのスライドということで、射撃、武道などの訓練は省略されます。公安警察官だけが必要とする特殊知識とマニュアルを頭と体に叩き込まれることになるでしょう。訓練期間は三週間です」

これは今すぐ自慰がしたくなるほど、興奮する辞令だった。股間の秘肉が濡れまくり、肉芽が奮い勃っている。

「しっかり、訓練を受けてきます」

芽衣子も立ち上がり、上半身を十五度折り、顔を突きだし、敬礼した。

「それでは、SPの名に恥じないように、転属先でも奮闘することを望みます」

明田が、答礼しながら厳かに言った。

「至急、府中に向かいます」

芽衣子が、儀仗兵のように、身体をターンさせると、その背中に明田の声がした。

「紗倉……こう呼べるのもこれが最後ですね。課長として、あなたが、これまで数々の危険を背負ってくれたことに対し、深く感謝します。今後はどこかで顔を合わせても、挨拶もできないでしょう。いずれ定年したら、帝国ホテルのラウンジで、アフタヌーンティでもしましょう。三十年ぐらい先になりそうですが」

「はい。きっと」

芽衣子は、そのまま扉を開けて駆けだした。

4

警視庁警察学校は京王線の飛田給駅からほど近い場所にある。東京外語大と心臓疾患の専門病院に挟まれた東京ドーム二個分ほどの敷地だ。敷地内には、警察学校とは別に警察庁の警察大学校もある。これは上級幹部が必要なスキルを学ぶ研修機関だ。明田真子などは、ここで学んだ経験があるはずだ。

三週間、芽衣子はまるまるここで訓練に明け暮れながら過ごした。

SPからのスライドということで、武道教練は免除されたが、それでは身体がなまるので、芽衣子は率先して訓練に参加した。

SPは、任務についていないときでも、警視庁内の武道場で同僚を相手に訓練を絶やさない。緊張感と筋力を維持するためにも、特に乱闘訓練に積極的に参加した。もちろん男女の区別はない。体力差を加減してくれる敵などいないからだ。

新人研修やSP研修にはない科目がいくつもあった。

ひとつは監禁、拷問に対する忍耐力の訓練だ。公安警察官は、人質になる可能性が高いからだ。芽衣子は、三日間、食事を与えられず手足を縛られ三畳の部屋に閉じ込められた。空腹と妄想に苛まれた。同じ格好で七十二時間いることがどれほどきついか、身体で覚えた。

監禁が三日間であることはあらかじめ知らされていたわけではない。いつ解放されるかわからぬまま、この状態で放置されたら、どこまで耐えられるのか、疑問だ。自分は、訓練であるということだけで耐えられた。だが、これが現実になったら、どうだろうか。自信があるかと聞かれれば、首を横に振る。

歯の治療も受けた。奥歯に細工を施され、その使用方法も教わった。

もっとも時間をかけて教授されたのは、特殊メイクだ。自分自身の手でも別人になれるほどの技術を身につけたが、ミッション次第では、都内にある協力者のもとへ行くことになるそうだ。顔も任務の都合で変えられてしまうのだ。

座学の大半は、警察官というよりも諜報員、工作員としての訓練に思えた。合法の尾行、行確、観察、秘撮、秘聴、点検（敵に尾行されていないかの確認）は、刑事部の訓練よりもおそらく高度だ。さらに非合法の暗号通信、暗号解読、秘匿事項伝達なども叩き込まれる。

諜報活動は、三タイプにわけられる。対象者との接触から得る人的情報（ヒューミント）。公安警察官の任務で一番重要なのはこれだった。

他に公開情報（オシント）の分析がある。公開情報なので、簡単そうに思えるが、これは、膨大なマスコミ情報の中にある「隠されたサイン」を探しだす作業で、相当なスキルとキャリアを要する任務だ。公安よりも内閣情報調査室（サイロ）や法務省管轄の公安調査庁の方が得意とする分野だ。

もうひとつは画像情報（イミント）。情報収集衛星から得るものだ。防衛省情報局が中心となっているが、公安や内閣情報調査室も独自に得ている。

日本の諜報機関は、基本的に競争意識が高く、協調性はあまりない。

いずれにしても公安は、人的情報の収集が中心で、国内の極左、極右、過激思想宗教集団、海外のテロリスト、スパイの特定を主任務としている。

三週間の短期訓練はあっという間に終わった。

芽衣子は、教官室に呼ばれた。

芽衣子の主任教官は崎本則之警視正であった。

校舎五階の教官室は、グラウンドに面していて、さらにその向こう側には東京外語大学の校舎が見えた。

「三週間では、生煮えのままテーブルに出す料理のようで、気が引けるが、合格とみなし、辞令を交付する」

五十歳になる崎本は、やや不服そうに、辞令を眺めていた。

「三週間のご指導、ありがとうございました」

芽衣子は敬礼した。

辞令が手交される。両手を捧げて受け取った。

『公安部特殊機動捜査課　特殊工作員』とある。

氏名は書かれていない。通称P番と呼ばれる警察官番号とは異なる番号が書かれていた。

「そこに書かれている秘匿番号は終生変わらない。退官後も必要とあらば、その番号で呼びだされることになる。直ちに暗記してくれ。それと氏名は、その都度変わる」

「わかりました」

芽衣子は、六桁の秘匿番号を頭に叩き込んだ。これからの任務では暗記がすべてとなる。その第一歩だ。

「記憶しました」

「ならば、その辞令は返してもらう」

「はっ？」

思わず目を丸くしてしまった。

「保秘だ。紗倉芽衣子の存在自体に警視庁は蓋(ふた)をした。その番号だけが蓋を開ける鍵だ。完全に秘匿されなければならない」

「はいっ」

芽衣子は踵(かかと)を揃えて、辞令を教官に戻した。

「今後は、工作(ミッション)ごとに仮の名前が与えられるだろう。そのたびに警察庁公安企画局が、その人間が実在しているような背景を創(つく)りあげる。だが、任務が終了すると、その名は消える。わかるな」

戻された辞令を、金庫に戻しながら教官が苦笑いをした。

「ですが、私は特殊機動捜査課という部署を知りません。公安機動捜査隊の存在は存じておりますが特殊とつく部署は、組織表でも見た記憶がありません」

姿勢を正したまま聞いた。

「裏工作部門だ。公表されていない」

「それでは、ここを出たら私は、どこに向かえばいいのでしょうか」

「正門の前に迎えの車が来ている。ただちにそこに行きたまえ。○×○×○×号」

教官は、会話の最後に秘匿番号を入れた。

「了解しました！」

芽衣子は敬礼し、教官室を退出すると、駆け足で正門へと向かった。三週間ぶりにこの敷地から出ることになる。

正門の前にシルバーメタリックのセダン車がいた。芽衣子が近寄ると、助手席の扉が開いた。運転席にいた男が、手を伸ばして開けてくれたのだ。見覚えのある顔がそこにあった。四十代半ばの目つきの鋭い男だ。

「捜査一課（ソウイチ）の萩原（はぎわら）刑事では？」

助手席に乗り込みながら言った。一年前、総理夫人の車が爆破された事案で出くわしたことのある男だ。

「それはあくまでも表所属だ。原籍は公安部特殊機動捜査課。非公表部門だ」

萩原が正面を見据えたまま言った。

「捜査一課に潜入しているということですか？」

「特殊機動捜査課は、各部門に散っている。その方が、機動捜査に都合がいいから だ。公安が興味を持つ事案に対して、いちいち関係する部署と連携しなくていい。隠れ公安捜査員を動かすだけでいい。さらに言えば、各部門に極左、極右、過激宗教集団、外国情報機関のスパイが入っていないか、監視することもできる。俺は捜査一課に潜入しているということだ」

萩原は警察手帳を見せてくれた。フルネームは萩原健。警視庁刑事部捜査一課。刑事。階級は警部とあった。萩原健は本名か？　いや違うだろう。

車が走りだす。中央高速の調布インターを目指しているようだ。

「太田にも表の辞令が出ている」

一枚の紙を渡された。太田？　見やると、

【太田麻沙美警部。新宿西署、組織犯罪対策課四係勤務を命じる】

とあった。警部？　警護九課では巡査部長であった。

「今後はその覆面を被ってもらう。グローブボックスにタブレットが入っているから、そこに書いてある太田麻沙美のプロフィールを頭に叩き込め」

芽衣子がタブレットを取りだすと、太田麻沙美と書かれたアイコンがあった。タップすると、顔写真入りのプロフィールが現れる。横須賀生まれの横浜育ち。山手のインターナショナルスクールから都内の有名私大へ。やけにかっこいい。年齢は実年齢と同じ二十八歳。前所属は国際刑事警察機構出向とある。

「組対刑事の覆面を被った公安刑事ということですか」

「そういうことだ。警視庁の組対には、他にふたりの覆面公安がいるそうだが、絡みがない限り互いに知らされない。俺も知らない」

セダンが中央高速に乗った。比較的空いている。萩原が、胸ポケットからメビウスを取りだし、シガーライターで喫いつけた。

「やるか？」

煙草の箱を芽衣子に向けてきた。

「いいえ、煙草はやりません」

萩原が苦笑した。

「やった方がいい。ヤクザや半グレと接触するんだ、酒も煙草もやった方が親近感を与える。場合によっては、シャブも打て」

今度は命令口調で言われた。

「薬物中毒（ポンチユウ）になった場合、潜入捜査員は使い捨てですか？」

芽衣子はわずかに声を尖（とが）らせた。フロントガラスに映る空は灰色だ。雲も多い。

「いや、警察病院で何年かかろうが治療してくれることになっている。その間の俸給も支払われるから心配するな。まぁ、相当苦しい治療になるらしいがな」

萩原は他人事（ひとごと）のように言う。

完治しなかったらどうしてくれるのだと思いつつ、萩原の差しだすメビウスの箱から一本、引きだした。質問を変える。

「公安特殊機動捜査課員は、地域や交通課にも混じっているのですか？」

「全貌は、俺にもわからない。が、特殊機動捜査課員ではなくとも、情報収集本部（ゼロ）の協力員は必ずいるはずだ。一説によると、ゼロは各所轄の食堂の調理員や売店のおばちゃんにまで協力者を作っているという」

萩原がステアリングを握ったまま、肩を竦めるポーズをした。

警察のすべての部門に、公安と通じている者がいるというのは、さすがに薄気味悪い話だ。もっとも自分は、その潜伏する側に入ってしまったのだから、まだましだが。

シガーライターでメビウスの尖端に火をつけた。十年ぶりに喫う煙草だ。咽せずに喫えた。煙を大きく吐く。

「ところで、この辞令には警部とありますが、私は、昨年巡査部長に昇進したばかりです。警部補の昇任試験すら、まだ受けていませんが」

辞令を見た瞬間に浮かんでいた疑問を尋ねた。萩原は笑った。

「おいおい、太田麻沙美はそもそも創作上の人物だ。組対四課に潜入するには、警部の方が都合がいい。国際刑事警察機構から戻ったことにしているのも箔をつけるためだ。その方が人を動かせる」

「二十八歳で警部は、キャリアですが」

「キャリアということでいいじゃないか」

萩原がぶっきらぼうに言う。この男の本当の階級はどのあたりなのであろうか。もしもキャリアであれば、年齢からみて警視長クラスである。さっぱりわからない世界に飛び込んでしまったものだ。

「組対四課での諜報任務は？　極右との繋がりのある刑事の洗いだしですか」

具体的な任務について確認した。

「いや歌舞伎町の三央連合を当たって欲しい」

萩原が煙草を咥えたまま言った。

芽衣子は麻布西署のマルボウ時代の記憶を呼び戻した。

三央連合は、ＪＲ中央線の高円寺、吉祥寺、八王子を根城にしていた三派の暴走族が連合してできた三寺爆走会が前身だ。

しだいに中央線沿線のチーマーや大学のイベントサークルで女子大生を食い物にしていた連中を糾合し、十年ほど前から、三央連合と名乗るようになっていた。

三年前、芽衣子が麻布西署のマルボウだった時代にも、六本木を縄張りにする山手連合の幹部らが出入りするクラブや会員制バーに、三央連合の連中が火炎瓶を放り込むという事案が多発しており、その凶暴性は際立っていた。

いずれ三央連合と山手連合の間で、天下分け目の抗争に発展することは目に見えている。

「三央連合の形態は半グレ集団だが、先ごろ準暴力団に指定したばかりだ」

「ですが、半グレ集団を公安が監視する理由は？」

芽衣子は訊いた。準暴力団指定とはいえ、その監視はマルボウの管轄である。

「羽田空港国際線ターミナル爆破事件の実行犯は、三央連合の下部組織のガキだった。おまえさんの前から、バイクで逃げた連中だよ」

なるほどテロに関連しているとなると公安の出番だ。

「私が銃撃したふたりを乗せたバイク……」

萩原が頷いた。

「ＳＳＢＣの分析で、二台のバイクは、三鷹の自動車修理工場に逃げ込んだことが判明した。もっとも所轄と捜一が乗り込んだ時にはもぬけの殻だったがね」

萩原が、フロントガラスの左前方を人差し指で指した。工場は、その方向にあるらしい。

「そこが、三央連合の息のかかった工場だったと」

「そういうことだ。すでに廃屋と化していたが、三央連合がまだ単純な走り屋だった時代に、バイクや四輪車の改造を、さんざん手掛けていた工場だった。オーナーは老人ホームにいる」

芽衣子は曖昧に頷き、フロントガラスに向けてメビウスの煙を吐いた。萩原が続けた。

「画像解析によれば、三十分後に工場にワゴン車が迎えにやってきて、四人は連れだされている。東名、名神高速と乗り継ぎ着いたのは関空だった」

ＳＳＢＣと言えど、そこまで追いかけるには相当な時間を費やしたことだろう。

結果がわかった時点では、敵はすべて事を終えてしまっていたことだろう。

「車中で弾を抜きだしたらしいな。画像によると四人中ふたりが空港では松葉杖をついている」

「関空からどこへ、飛んだのですか？」

「アムステルダムだ。もっとも大阪府警が、画像データをもとに航空会社に確認できたのは、飛び立った二日後だから、完全に後の祭りだったが」

それでもSSBCのおかげで割りだしは早くなった方だと思う。しかし、出国されてしまっては、もはや日本の警察では、追いようがない。海外逃亡期間は時効にカウントされないが、ふたたび日本に戻ってきてくれないことには、捕まえようがない。せいぜい国際刑事警察機構の捜査に期待するしかない。

「逃亡した実行犯そのものを捕まえさえすれば、叩けるんだが、問題はその背後関係だ。半グレに爆破を依頼したのが、どんな組織か、ということだ。ただし、海外に出てしまったら、国際刑事警察機構なんかよりも、内調のカウンターパートナーの方があてになる。我々よりも内調に情報が集まるだろう。まったく癪に障る」

萩原は小さく舌打ちをした。サイロとハムは犬猿の仲だ。萩原の気持ちは充分わかる。

「四人のパスポート内容は、どんな感じだったんでしょう？」

いずれも偽造パスポートだろうが、確認した。

「四人とも中国人のパスポートと航空券を所持していたが別人のものだ。該当する中国人は、有馬（ありま）温泉の旅館にいた。四人は年齢がほぼ同じ観光客だった。一週間前に関空から入国した記録があった」

「爆破犯の四人も、中国人だったのですか？」

芽衣子が顔を見たのは、頭に手ぬぐいを巻いた軽トラの男だけだが、アジア人であろうということしかわからない。

「いや。四人とも少なくとも国籍的には日本人だ。画像から顔面認証を行った結果、横須賀の少年院にいた人物四人と一致した。いずれも三央連合の下部組織の暴走族のメンバーだ」

「ということは、パスポートは典型的な背乗り（はいのり）ですね」

「そういうことだ」

背乗りとは、実在の人物の運転免許証やパスポートのデータを盗みだして、写真だけを入れ替える、なりすまし方法だ。日本の運転免許証はなかなか難しいが、パスポートは案外たやすい。海外の情報機関や日本の詐欺（さぎ）師集団などは、頻繁に背乗りをやっている。

「スキポール空港でも簡単にすり抜けてしまったということですよね」

「あの空港はヨーロッパの代表的なハブ空港だ。しかも中国の観光客はヨーロッパ中をうろうろしている。手配書でも送っていない限り、入国審査官は笑顔でスタンプを押すだけだ。というよりも、バスターミナルばりに各国の航空機が発着している空港だ。おそらく別な機に乗り継いでしまっているだろう」

「ぐるり回って、今ごろはソウルあたりにいてもおかしくないですね」

芽衣子は答えた。

ソウル、マニラ、バンコクに行けば、匿(かくま)ってくれる日本のヤクザ組織やその業務提携先がいくらでもある。そこに逃げ込まれたら、まず探しだせない。現地の国籍を金で取得し、別人になってしまうからだ。

「公安部としての犯行動機の見立ては？」

「カジノ利権とみている。中国か韓国の情報機関から、三央連合が下請けとして受けたのだろう。空港ロビー内に仕掛けられた爆弾は、直前に置き去りにされたキャリーバッグで、爆破装置はリモート式だった。ずいぶんと古い炸薬だった。置いた人物は、入国審査場からは出てきていない」

「出発ロビーからエレベーターで降りてきて、到着ロビーをうろうろしていたというわけですね」

「その意味においては、カジノ利権で競合するモナコの代表団を殺害するだけではなく、モナコ贔屓（びいき）の及川大臣をも狙っていたのだろう。そう仮定すると、首都高でもう一度爆破を仕掛けたこととも一致する」

「空港で仕留められなかったので、再度首都高速で及川大臣を狙ったと？」

「そういうことだ。キャリーバッグが不発に終わった場合に備えて、首都高速に軽トラとバイクのチームを立てていたのだと思うがね」

「パーキングエリアでの爆破は？」

芽衣子は聞いた。

「陽動作戦だよ。空港付近にいた機動隊や私服刑事の眼をひきつけるためではないだろうか」

「公安も捜一もまんまと、走らされましたね」

芽衣子が皮肉ると萩原は自嘲的に笑った。

「いずれにせよ、あんたが発砲したのは正しかった。オートバイが逆走して、手榴弾を大臣専用車に投擲したはずだ。それがあんたを公安に吸い上げた本当の理由だろう」

いまさらながら、芽衣子を自発的な依願退職に追い込んだ明田真子の名演技に拍手したくなる。あれは彼女なりのゲームだったということだ。

「とはいえ、三央連合から上がどうなっているかは、まったく不明だ。実行犯を取り逃がしてしまった以上、歌舞伎町から当たり直すしかあるまい」

「それで、私に当たれと」

「そういうことだ。三央連合の誰が、この件に通じているのか、まずはそこからだ」

「所轄や本店の組対部では、あてにならないと?」

芽衣子自身、もと麻布西署のマルボウだ。マルボウの任務にも多少のプライドは持っている。

「空港爆破事件の捜査だということを、組対に悟られたくない。悟られると必ず、相手に内通される。それが組対のやり方だろう?」

萩原が確信的にいう。

「確かに」

芽衣子も答えた。

実のところ、マルボウは反社組織の幹部と親しくなってなんぼの部署である。根絶する気はないのだ。厳密にいえば、社会から反社勢力を根絶するのは無理だと知っているのはマルボウ自体だ。特に資本主義国家では難しい。むしろ一定量の悪を容認し、協力者として治安維持に役立てた方が得という風潮もある。

警察と反社の馴れ合いの元凶はそこにあるが、実際現場にいた芽衣子にはある程度理解できる。伝統的な反社の人間が、より過激化する半グレや極左や過激宗教集団などの思想系を制圧してくれることがあるからだ。

だがその分、反社とマルボウの間では情報が洩れがちになる。

「完全保秘が必要だ」

「よほど奥が深いということですね」

「その裏付けをするのも我々の任務となる」

セダンは新宿の高層ビル街に差し掛かっていた。芽衣子は任務の概要をあらかた飲み込んだ。

「マルボウの中にも関わっている人間がいるとみているということですか」

芽衣子は尖った声をあげた。元は身内だ。身内を漁(あさ)るのはあまり気分の良いことではない。

「組対四課に出向くのは明日でいい。まずは太田麻沙美になってくれ。表参道で降ろす」

「わかりました」

タブレットにある太田麻沙美という人物は、表参道の美容室によく通っていた。その美容室に行って、顔を変えろということらしい。

萩原が運転するセダンは外苑前出口で首都高速を降り、千駄ヶ谷から表参道へと向かった。骨董通りのレトロなビルの前で停車する。

「健闘を祈る。互いの情報交換には、セーフハウスを使うが、それは追って連絡する。それとこれが、太田麻沙美セットだ。中に、当座必要な物が入っている」

萩原が、後部席からボストンバッグを取って寄越した。

芽衣子は車を降りた。レトロなビルの五階へと向かう。美容室『スコーピオン』はエレベーターホールの真向かいにあった。いかにも青山マダムが好みそうな、重厚な木製扉を開けた。

「こんにちは。予約してある太田です」

「お待ちしていました。クイーン」

六十代と思える痩せた銀髪の美容師(ビューティシャン)が、リクライニングシートの前に立ち、枯れた微笑を浮かべている。

「担当の梶洋子(かじようこ)です。今すぐあなたを太田麻沙美に仕立てます」

梶が、リクライニングシートをくるりと回転させ、芽衣子に向けた。頰(ほお)を緩(ゆる)めているが、眼は笑っていない。

「よろしくお願いします」

芽衣子は、会釈してシートに身を沈めた。

第二章　東京水脈

1

用意された太田麻沙美のマンションに戻り、ネットニュースを検索した。

警視庁は羽田空港国際線ターミナル到着ロビーと首都高速での爆破事件を「無差別テロ」と発表したが、その狙いがモナコ公国通商代表団にあったのではないかという見解は一切示していないようだった。

到着ロビーにキャリーバッグを置いた犯人の画像もあった。数人のグループで、出迎えの知人を見つけた瞬間に手を振ってバッグから離れていた。うまい演技方法だ。周囲の人間には一瞬だけ、その場から離れたように見える。茶色の革張りのレトロ風な大型キャリーバッグだった。

警備員に紛れていた犯人がどこかから、大臣の動きを見ていて、発火ボタンを押したのではないか。少し早かったということだ。

芽衣子はそう見立てた。

『週刊宝潮』や『週刊近代』も憶測めいた記事は載せていない。カジノに対する世論がマイナスの方へ動くことを懸念した政府が、同じ利害関係にある大手広告代理店を通じて、口封じしたと思われる。

首都高速の爆破実行犯が関西空港から出国する模様の防犯カメラ映像は公開されていた。氏名、国籍は明らかになっていない。

空港ロビーの爆破も同一グループとみて追っているとあった。

明け方に起きた。

顔を試したくなったわけでもないが、かつてよく通っていた六本木の店に行ってみることにした。水商売の情報収集には格好の店だ。

ラウンジバー『水と風』。

店名が示す通り仕事を終えた水商売と風俗関係の人間たちが飲みにくる店だ。六本木のその夜の情報が素早く集まる穴場だ。

ホスト、キャバ嬢、風俗嬢、その関係者で店内はごった返していた。

この店は、接待はしない。イケメンの男が、酒を運んでいるだけだ。スナックと異なりカラオケも置いていない。したがって朝までの営業が許可されている。そもそも開店時間が夜の十時だ。いわゆる業界人のためのラウンジである。六本木の水商売人の中にはこの店を社員食堂と呼ぶものもいる。ホテルのメインバーのような趣の店だが、三十坪はある大箱だ。

「どなたかのご紹介で」

入店するなり店長の青山浩平が言う。三年ぶりだが、まさか芽衣子の本来の顔を忘れたわけではあるまい。特殊メイクは上出来のようだった。腹の奥底から、沸々と笑いがこみあげてくるのを必死でこらえた。

「『桃宵』のママの紹介。星野由里子といいます。私、ひとりだけどいい？」

カバーネームを使う。

桃宵は外苑東通りに面したビルの五階にある老舗ＳＭクラブだ。

「あぁ、桃子さんとこのお客さんですね……」

青山が、品定めをするような目つきになった。ＳなのかＭなのか見極めたいのだろう。客商売にとっては重要なポイントだ。それで、用意する話題も違ってくる。

「厳密にいえば、昔、あの店に時々出ていた芽衣子の友達」

「うわっ、芽衣子女王のお友達ですか」

青山は目を丸くした。

バレていない。

青山は、客には高飛車に出るキャラをつくっているが、根はドMな男だ。どうやら、この顔は全然バレていないようだ。梶洋子の施してくれた特殊メイクの効果はなかなかのものだ。

顔は以前よりふくよかになっていた。これまでの紗倉芽衣子は、どちらかと言えば頬がこけていたが、綿を詰めて丸いラインになっていた。黒髪はマロンブラウンになり、幾分短めになった。それだけでもかなり印象は変わる。もっとも変わったのは、眼だ。学生時代はSMの女王、その後、警視庁に就職、マルボウ刑事、SPと渡り歩いたため、双眸は常に豹のような鋭さを放っていた。梶洋子が、そこにカラーコンタクトを入れ、瞼のラインに変化をつけると、自分でも驚くほど柔らかい表情になった。この表情を作るためのメイクの方法も入念に教わった。

『悪党ほど純情そうで、可憐なイメージの女を気にいるのよ。自分から逃げないという印象があるのね。仕草も、おっとりとして見せることよ』

そう言われて、メイクが終了してから、さらに二時間ほど、ウォーキングや、視線の動かし方を教え込まれた。束の間、モデルになった気分だった。

別人の顔を手に入れ、ボストンバッグを開けると、スマホや細長い茶封筒、鍵、長財布などが入っていた。財布の中身には、太田麻沙美名義のクレジットカードや運転免許証、マイナンバーカード。警察手帳も入っている。住所は、市谷台町のマンションになっていた。そこへ帰れということらしい。茶封筒には現金二百万円が放り込まれていた。

運転免許証に記されていた住所をスマホで検索し、都営新宿線の曙橋から近い台町坂のマンションに帰った。妙な気分だが「帰った」ということになる。

四階の太田麻沙美の部屋は、三十五平方メートルほどの一ＬＤＫであったが、生活必需品はすべて整えられていた。

寝室のクローゼットを開けると、芽衣子のサイズに合った黒のパンツスーツが数着といくつかの衣服が吊るされていた。まさかと思いつつベッドサイドのチェストを開けると、下着がびっしり詰め込まれていた。見立てたのが、萩原ではないと信じたい。きっとあの美容師の梶洋子であろう。

ベッドの脇には小型金庫もあった。顔面と指紋認証式だ。府中で特訓中にすべて採取され、この金庫に登録されていたということだろう。

扉を開くと、さらに五人分の偽装セットが入っていた。いずれの人物についても生（お）い立（た）ちから現在に至るまでのプロフィールがついていた。

いまは、クローゼットの中にあったグレンチェックのスカートスーツを身にまとい、星野由里子という女に化けてきている。二時間で、完璧に彼女のプロフィールを頭に入れてある。

青山に誘導されて、奥まった位置にあるボックス席に座った。店内には紫煙（しえん）が舞っている。男も女も、喫煙者が多い。ピアノジャズのＢＧＭが静かに流れていた。

「四月以降も、この店は煙草を喫えるの？」

芽衣子は聞いた。

二〇二〇年四月一日。受動喫煙防止のため改正された健康増進法が全面施行され、小規模な個人店でもない限り、屋内での喫煙は全面禁煙となった。専用ブースを設ける以外ないのだ。

「はい、うち、去年の暮れにシガーバーに変えたんです。喫煙目的施設となれば、OKなんです。未成年の入店は絶対NGですが。ぼくらも頭、使っていますよ」

法には、必ず抜け道があるものだ。

「バーボンを一本入れてください。あっ、手ごろな値段のをね」

ホストクラブのような高額ボトルをいきなり出されることはないが、いちおう念を押しておく。

「はい、女王はいつもI．W．ハーパーでしたが、同じものでよろしいですか？ゴールドラベルで七千円です」

顔に気がつかなくても、芽衣子の三年前の馴染みのボトルを記憶しているとは、やはり水商売のプロフェッショナルだ。

「それで結構です」

ボトルを一本オーダーし、青山がいったんカウンターに下がったところで、芽衣子はすぐに、かつての女王仲間山口桃子にメールした。

【芽衣子だけど、星野由里子という女友達が、テレ朝通りの『水と風』にいま入ったそうなの。ホストクラブで散財したのに、お気に入りを他の女に持っていかれたらしくって、どっかで飲んで帰りたいというから、私があの店教えた。桃宵の客だと言えば丁重に扱ってくれるでしょう。悪いけど裏取りが入ったら、知っている客だと伝えておいてくれない。捜査でお世話になっているビルの所有者なの】

夜の商売をしている者同士の情報は筒抜けである。青山は、客を回してもらった礼と称してただちに桃子に電話を入れるはずである。同時にそれは一見客への裏取りでもある。芽衣子としては先回りをしておく必要があった。

桃子からすぐに返事が来た。

【どSの女だと伝えておくわ。浩平ちゃん、尻尾振って、お手とかするかも。あんたも、たまにはうちに顔を出しなさいよ。バイト料は弾むわよ】

【近々ね】

いくときは紗倉芽衣子の顔に戻さなければならない。つくづくややこしい人生になってしまったものだと思う。

店内を見渡した。

ホストやキャバ嬢、それに風俗嬢という接待のプロたちが、この時間のサパーでは、新橋のサラリーマンのように愚痴を言い合いながら飲んでいる。アフターで来ている者は、ごく少数だ。それは、溜まったツケを払わせるために引っ張ってきた客だ。

顔バレしていないとわかれば、ここにいる水商売の連中から、歌舞伎町の状況を聞きだすのが手っ取り早い。

水商売の水脈、風俗業の淫脈は、濃淡はあれど日本中に繋がっている。その業界の人間同士しか知らない勢力地図や通行手形の取得方法というコアな情報は彼ら彼女から取るのが一番確実だ。

ちょうどその時、五十過ぎの痩身の男が入店してきた。単独客だ。黒髪のオールバック。光沢のある銀鼠色のスーツを着ている。常連らしく、入口付近のカウンターに腰を下ろすと、ただちにバーテンダーが陶製の焼酎ボトルとグラスを差しだしていた。

芽衣子は男を観察した。いかにも夜の街のベテランらしい風体だ。

青山がI・W・ハーパーのボトルとロックグラスをトレイに載せてやってきたところで持ち掛けた。

「ねぇ、私ひとりなのでカウンターの方が落ち着くわ。あのいま入ってきたばかりの紳士と喋ってみたいんだけど取り持ってくれないかしら。あっ、妙な勘繰りはしないでね。私、ウリとかタカリとかやらないから。前払いで三万円、支払っておくわ。今夜の予算はそこまでなの」

トートバッグから財布を取りだし、クレジットカードを抜いた。

「桃子さんのご紹介のお客さんを疑ったりしていませんよ。畏まりっ。自分が真ん中を取らせてもらいます。さぁ、どうぞ」

青山が上機嫌で言う。

「村山さん、こちら銀座で貸しビル業をやっている星野さんです。おひとり同士でご一緒されませんか？」

青山がカウンターにいる男に声をかけた。この会話は、桃子に裏を取ったことをほのめかしているということでもある。水の世界は、常に値踏みのしあい、化かしあいだ。

「かまいませんよ。私は、単なるキャバクラの雇われマネジャーですが」

村山が自分の真横の丸椅子を、少し引いてくれた。手酌で麦焼酎をやっている。

「村山さんは、六本木では有名な『オーシャンプリンセス』というお店の方です」

芽衣子のグラスをセットしながら青山が教えてくれた。村山もサイドポケットから茶色の名刺入れを出し、一枚抜いて寄越した。「華岡観光営業部部長　村山仙一」とある。青山がロックアイスの入ったグラスにハーパーを注ぎ、ホールの方へと戻っていった。店内を歩き回るのが彼の仕事らしい。決して、客の席には腰を下ろさない。歩き回りながら会話をするのだ。風営法を遵守しているということだ。

芽衣子は村山の勤務する『オーシャンプリンセス』に関するデータを脳内で引きだした。麻布西署時代の記憶だ。

『オーシャンプリンセス』は、六本木では大箱と言われる店だ。常駐キャバ嬢は八十名ほど。歌舞伎町と上野にも姉妹店を持っている。経営母体の華岡観光は、老舗の部類に入り、麻布西署の生活安全課とも協調的な間柄にある。

もちろん、まったく知らないふりをする。

「それなりにご苦労が多いんでしょうね」

どんな業種の人間相手でも、ここから入るのが一番いい。

「苦労と言えば、一にキャスト同士の足の引っ張り合い。二にボーイとキャストの恋愛。三にマジでキャストに恋する客の始末です」

何度も聞かれ慣れているのだろう。村山が立て板に水のように言う。落語家が枕を振る感じだった。

「最後がとても不気味ですね。始末ってどうするんですか？」

芽衣子は、バーボンの注がれたグラスを掲げながら、合いの手を入れた。村山がカウンターに置いてあったマールボロの箱から一本抜きだし、S.T.デュポンのライターで火をつけた。いまどきなかなか見ないライターだ。

「社長の許可を得たうえで、客に引導を渡します。こちらも太客をひとり失うわけですから、それは慎重な見極めが必要ですね」

村山は、軽く喫い付け、芽衣子の顔に煙がかからないように逆を向いて吐く。紳士的だ。いやむしろ紳士的すぎる振る舞いだ。元極道か？

「引導を渡す？」

「恋は実らないから、もう来るな。うちのキャストには近づくなと、一対一で説得します。それから、キャストが襲われないように、こっちが客をしばらく付けまわします」

淡々と言っている。

「それ説得じゃなくて恫喝でしょう」

芽衣子は、バーボンを一口飲みながら、冗談めかして言った。

「生身の女たちを守るのが私らの仕事です。怖がられてなんぼ、ということもありますよ。それ以前に相手の素性をすべて調べ上げて、逆リーチをかけられるような弱点を探しだしたり。まぁ、それなりに苦労は多いです。熱を上げすぎた客というのは、時に常軌を逸してしまいますからね。かといって、そう仕向けるのがキャストの商売なので、痛し痒しです。まぁ、昔から延々と続く厄介事ですよ」

言うと村山は、再び顔を背け、きのこ雲のような煙を吐きだしていた。

「あの、煙草の煙、気にしないでください。私も喫いますから」

芽衣子はポケットからラッキーストライクの箱を取りだした。一本抜きだして咥える。

「そうでしたか」

村山がライターを差しだしてくれた。やはり刑事は煙草を喫えるに越したことはない。接近したい相手が喫煙者の場合、それだけで親近感が増す。萩原のアドバイスは有効だった。

「あの、キャバクラとかは、禁煙対策はどうなるんでしょう」

何気に、煙草からの話題で繋げた。

「うちは喫煙席を作りました。ガラスで仕切っています。キャストも喫煙ＯＫの子をつけるという風にしています。もっとも面接で、喫煙ＮＧという子は原則採らないようにしているんですけどね」

「大箱でしかも従業員がいる店で、分煙が許されるというのは、どういう手を使ったんですか」

素人っぽく聞いた。

「うちはシガーバーではなく、煙草出張販売業の許可を取得しました。近所にあった煙草店さんに協力してもらったんです。ええ、店のフロントの背後の棚にコンビニのように各種煙草を並べています。こうすると、店内での喫煙も許可されるんです。はい、煙草店内にあるスペースということなんですね。社長がいっそ店名も『オーシャンプリンセス』ではなく『スモークキング』に変えようかと言っているぐらいです」

「さすがですね」

芽衣子は相槌を打った。日本たばこ産業への配慮もあり、政府は、法案提出段階からこうした抜け道を用意していたわけだ。煙草からの税収はそれだけ国の懐を潤しているのだから、ある意味、理解はできる。世の中には、すべての事項に建前と本音がある。

「とはいえ、この手法で規制逃れの店が増えると、いずれ国は法改正をしてくるでしょうね。まぁ、年々喫煙者は減っています。我々としても、禁煙のお客さんの方が圧倒的に多くなれば、その流れに乗りますから」

村山は、そう言ってうまそうに煙草を喫い続けた。

政府も厚労省も折り合いの付くその時期を待っている。そう言いそうになって、芽衣子は止めた。迂闊な発言が、刑事であることを見破られるきっかけとなる。

軽快なピアノジャズと紫煙に包まれながら飲むバーボンは、一際美味しかった。

三十分ほど、村山の六本木の水商売についての高説を聞き、話が途切れたところで、芽衣子はさりげなく切りだした。

「村山さん、歌舞伎町方面の事情はわかりますか？」

村山は怪訝な顔をした。

「水商売に関してなら多少は……ですが歌舞伎町は、他の歓楽街とはまるで勝手の違う町です。うちの姉妹店もありますが、キャストもスタッフも、まったく別採用で、交流することもありませんしね。それだけ働く人間の体質も異なるってことです」

「歌舞伎町のビル一棟、買収したいんですよ」

「ほう」

村山は、眼を丸くした。

「デベロッパーを通じて、いくつか物件を紹介してもらっているんですけれど、歌舞伎町って、銀座以上に背景がややこしいじゃないですか」

「あぁ、そういうことですね。確かに六本木よりもややこしい」

村山は背景という言葉に鋭く反応した。

「三央連合とかっていう新興団体まで入ってきていると言いますね」

「そこですよ。そうでなくてもややこしい歌舞伎町の事情が、さらに複雑になっている」

「やっぱりやめた方がいいですかね。歌舞伎町は」

「正直、お勧めしません。歌舞伎町は、いまでは東洋一、危険と言われるエリアです。銀座で商売をしている人が進出すべき土地ではありません。だいたい三央連合というのはですね……」

村山の口が少し滑(なめ)らかになった。六本木で働く人種は基本歌舞伎町を嫌う。

悪口に乗じて、三央連合の拠点になっている店などを聞きだせれば、予備知識になる。

芽衣子は村山のために、麦焼酎のボトルを一本追加した。

2

「私としては宮崎(みやざき)に手を上げて欲しいと思っています」

及川茉莉は、頬に手をあてながら、そう伝えた。フェニックスの並木を見下ろせる外資系リゾートホテルの最上階にある貴賓室だ。オーシャンビューロードとして知られる一ツ葉有料道路を黄昏の光が照り付けていた。この一角だけを見るとまるでホノルルの郊外の風景のようでもある。

「九州でのIRは、長崎と内定しているのではないのですか？」

宮崎エンタティンメント財団の理事長、丹波敏郎がマンゴージュースのグラスを手に取りストローを啜った。丹波は、銀髪とフチなしメガネの似合う七十八歳の実業家だ。宮崎県内にビジネスホテルや飲食店ビル、複数の映画館などを所有している丹波産業の創業者である。

丹波が最初に財を成したのはラブホテル経営である。昭和四十年代の半ばのことだ。それが今ではすべてビジネスホテルに生まれ変わっている。風営法の改正時に思い切って業態変更を図ったのである。

『機を見るに敏な男だ』

官房長官の菅沼重信が、長官室から国会議事堂を眺めながらそう言ったことを思いだす。

「いいえ。まだ一都市とて内定しておりません。あくまで本格的な候補地調整は東京オリンピック後です。決定はまだまだ先のこととなります。理事長、何事も最初に名前が挙がっていることほど逆転される可能性が高いというのが政治の世界です」

テーブルに載せられていた宮崎マンゴーをスプーンですくいながら、あえて含みを持たせた言い方をした。

「もし逆転できれば、それは日南リゾート構想の中核施設になりますが、果たして逆転はできますかね？　なんといっても佐世保には米軍基地がある。ラスベガスの後押しがあるのでは？」

丹波の隣に座る市の職員が、腕を組んだ。

「宮崎市とモンテカルロが姉妹都市の締結をするというのはどうでしょう。カジノ保有都市の中でもっとも上品なイメージがありませんか？」

マンゴーをいただきながら、そう切りだした。丹波の眼が輝いた。宮崎マンゴーの味は、濃厚な官能小説のようだ。

「モナコのグランカジノやオテルド・パリ・カジノは確かにベガスやマカオのカジノのイメージとは一線を画しますね。モナコ公国といえばセレブな香りも漂う」

興奮したのか、丹波は一気にマンゴージュースを飲み干し、ストローの端を齧った。

「その通りです。最初に宮崎がモナコ式のカジノをオープンさせ、ドレスコードなどをきちんと定めると、国民のカジノに対する負のイメージをある程度払拭できると思うのです」

これから統合型リゾート事業を一気に進捗させるために、もっとも必要な課題は、パブリックイメージの転換だ。

『ギャンブル依存症やマネーロンダリングなど、カジノに対する国民の負のイメージを転換させるために、ある種のハイソサエティなイメージを導入したい』

昨年夏、及川が担当閣僚に抜擢された際に、菅沼にそう打ち明けられた。さすがは策士の菅沼と言われるだけのことはあると思ったが、自分としても、その方が、動きやすいと感じ、賛同した。

「ですが、大臣。例えばモナコのグランカジノのドレスコードというのは短パン、Tシャツ、ビーチサンダルはNGということですよね」

丹波が言った。なかなか精通している。

「基本、ブルージーンズやスニーカーもよしとされていません。ただし007の映画のようにタキシードなどということはありませんよ。富裕層専用のスペース以外は軽装でもOKです。例えばジャケットは着ていなくても襟の付いたシャツを着ていれば問題ないということです。ただし、最初はあえて男性はジャケット着用、女性も超ミニやショーパンはNGでロングスカート着用とかそんな畏まった決め事を作って欲しいんです。ディーラーもモナコから呼ぶとか」

運営会社をモナコの会社にしろとはまだ切りださない。

「それでは他の地区のカジノに比べて敷居が高すぎないでしょうか。政府のイメージアップにつながっても集客がままならないのではかつてのシーガイアの二の舞になってしまいます」

市職員が顔を顰めて言う。官民一体となって開業したシーガイアの苦い思い出があるようだ。

「最初だけでいいんですよ。まずは宮崎から開業させて、ハイソなイメージが定着したところで、他の地区もオープンさせます。せーのになった頃には、宮崎も他と同じにすればいいんですよ」

及川は歌うように言った。

「なるほど。それは練ってみる価値はありますね」

丹波が頷いた。

今日のところはここまでだ。

「それでは、私、そろそろ東京に戻りますので、あとはそちらでご検討ください」

及川は立ち上がった。

入口付近に待機していたSPの杉崎美雪が、おもむろに扉を開けた。羽田空港国際線ターミナル爆破事件以降、密着SPは、杉崎となった。前任の紗倉芽衣子は、依願退職したそうだ。過剰防衛の嫌疑がかかったため、みずから依願退職したと聞いた。

あれが、過剰防衛だったのだろうか？

少なくとも及川の眼には、逃亡防止のための狙撃に映った。ひとこと相談してくれたら、官邸を通じて、待ったをかけてやったのにと思う。

県庁が手配したハイヤーに乗り宮崎ブーゲンビリア空港に向かう。左隣には秘書が座り、SPの杉崎は助手席に座った。今回の日帰り出張の同行SPは、杉崎だけだ。

空港に向かう一ツ葉有料道路には、生温(なまぬる)い風と潮の香りが漂っていて、何となく一足早い初夏の訪れを感じた。

じきに空港の前に立つ椰子の木が見えてきた。杉崎のスマホが鳴った。

「はい。えっ、官房長官が？　わかりました」

スマホを耳に当てた杉崎の声が、いつもより甲高(かんだか)くなっている。

「菅沼先生が、どうかしたの？」

及川は慌てて声をかけた。

「赤坂のホテルで暴漢に襲われたそうです。いま同行しているSPから連絡がありました。ただし命に別状はないようです」

小顔の杉崎が振り返って早口で言った。スマホは耳に当てたままだ。

「赤坂のホテルって、グランド首都ホテルかしら？」

左隣に座る秘書に確認した。秘書が膝の上でタブレットを開いた。

「おそらく」

国会議事堂や議員会館と隣接する『グランド首都ホテル』。永田町では、このホテルに個人事務所を構えることが大物政治家のステータスとされている。

官房長官は、ここに事務所を構える副総理兼財務大臣の吉田重三郎か民自党幹事長の山開宏幸と密かに会談をしていたのではないか。

政局になる。及川はそう予感した。

「ナイフで腕を切りつけられたようですが。胸部や腹部ではなかったので、大事に至らず、現在は官邸に戻り、医師の手当てを受けているとのことです」

杉崎が簡潔に言って、スマホを切った。

「羽田から官邸に向かうわ」

及川は秘書に伝えた。

3

午前九時。

芽衣子は、新宿西署四階にある組織犯罪対策課の自席で全国紙四紙に目を通していた。いずれも一面トップに【菅沼重信官房長官刺される】の記事が掲載されている。

凶行に及んだのは、新興左翼団体に所属する男、山北三郎。二十五歳とあった。

動機は、新型ウイルス流行による失業者対策の遅れに対する不満ということだが、この時期官房長官を狙うとすれば、やはりカジノ開業に関する闇社会の圧力ではないか。

凶行現場はグランド首都ホテルの正面玄関、車寄せであった。

ＳＰは何をしていた？

芽衣子は首を捻った。

しかも正面玄関とは妙だ。

グランド首都ホテルの玄関は、赤坂見附側と永田町側の二か所ある。通常正面と呼ばれるのは赤坂見附側だが、政治家や秘書は通常、永田町側を利用する。議員会館や国会議事堂とはそっちの方が行き来しやすいし、永田町口に面した道路には、機動隊が常駐している。

大物政治家が正面玄関から出るとすれば、あえてその行動をマスコミに知らせるためだ。

芽衣子は、暴漢に遭った直後の菅沼が、SPに取り囲まれている様子を映した写真を凝視した。四人ほどのSPの背後にパンツスーツ姿の谷口彩夏の姿が写っていた。元同僚のSPだ。

これは女性重要人物が、同じ場所にいたということだ。

すぐに警護対象者の顔が頭に浮かんだ。

東山美恵子。女性で二人目の参議院議長だ。元芸能人。

だがその面影はもはやほとんどない。参議院議員として通算八回の当選を重ね、史上最長の議員歴を誇る東山は、いまや政界の遣りて婆と呼ばれる存在だ。

しかも東山は女性で唯一の派閥領袖でもある。

記事には東山に関することは、まったく触れられていない。

誰か別の大物政治家の個人事務所で、会談をしていたということだろう。副総理、吉田重三郎あたりの事務所が怪しいところだ。吉田と東山は派閥の合流をもくろんでいると噂されている。

菅沼も同席していたのだろう。もっとも考えられるのは、次期衆議院選の候補者調整だ。

芽衣子は元SPならではの勘を働かせながら、記事を読み進んだ。オリンピック終了後の案外早い時期に衆院の解散があるのかもしれない。

それにしてもSPは何をしていた。

車かバイクで接近してきた暴漢に銃撃されたのなら、まだわかる。だが、容疑者は、堂々と徒歩で接近してきているのだ。菅沼の身体に触れさせただけで、SPとしては汚点だ。

芽衣子は、もう一度、首を捻った。おかしなことばかりだ。

「国際刑事警察機構戻りっていうのは、あんたかい？」

いきなり背中越しに声をかけられた。振り向くと、スキンヘッドの上にサングラスを載せた巨軀の男が立っていた。ワイシャツの襟は大きく開いており、太い首から、ゴールドのネックレスが下がっている。黒スーツの袖口から見える腕時計は、一目で模造品とわかるロレックスだ。

絵にかいたようなマルボウ刑事である。四十五歳というところだろう。

「いまどきの半グレや極道は、もう少し洒落ていると思いますが」

芽衣子は、男の爪先から頭頂部まで、順に見上げた。

「当面あんたと相勤することになった黒田だ。ノンキャリだが階級は警部だ。だからあんたに頭は下げない」

粘つくような視線を、芽衣子のバストに這わせてくる。

叩き上げの刑事にキャリア嫌いは多い。かくいう芽衣子もそうであった。

「太田麻沙美です。キャリア風を吹かせるつもりはありません」

芽衣子は立ち上がって、お辞儀をした。

「どうせ二年もすれば、本社に戻るか、海外の大使館にでも転出するんだろう。まぁ適当にやってくれよ。歌舞伎町の巡回は、俺がやる。報告はきちんと入れるから、上への報告はあんたがやればいい。五年後とか、どこかの署長になった時に出会ったら、きちんと敬礼してやるよ。まあ新宿西署には戻ってこないと思うがね」

黒田が、かったるそうに首を回しながら言っている。所轄と言え、新宿や丸の内など重要署の署長になるのは、キャリアと言えども、将来の総監候補などだ。黒田はそれはないと言いたいのだろう。

「巡回は何時からですか？」

芽衣子は右眉を吊り上げて聞いた。

「だから、キャリアのお嬢さんをキズもんにするわけにはいかねぇだろう。あんた歌舞伎町がどんなところか知っているのか？」

「ブロンクスやボゴタにもいたことがあるんだけど」

太田麻沙美のプロフィールだ。芽衣子は幸い語学には長けていた。六本木の女王時代に、世界各国の様々な人種を相手にしてきたからだ。

「腕に覚えがあるというのか？」

黒田が今度は、芽衣子の股間をじっと睨めつけてきた。

「なんなら乱取り、お付き合いしますが」

芽衣子は、両肩を回しながら言った。乱取りは柔道の稽古形態のひとつで実戦さながらに技を掛け合うものだ。

「女だからと言って手は抜かないぜ。歌舞伎町にいる極道や半グレが、刑事に牙を剝く時は、本気で殺す気で突っ込んでくる。道場で俺にたやすく組み敷かれるぐらいではとても、相棒として一緒に歩けない。足手まといになるだけだ」

黒田が言った。理解はできる。相棒が間抜けなお陰で命を落とした刑事はいくらでもいるのだ。

「やられたら、おとなしく引き下がって、黒田警部の事務方に徹しますよ」

不敵に笑ってみせる。黒田のスキンヘッドが真っ赤に染まり、眦が吊り上がった。

「道場は二階だ」

警視庁はもちろん、全国の所轄署にほとんど柔剣道場が備わっている。警察官の日々の鍛錬用ということもあるが、殺人事件などで捜査本部が立った場合、刑事たちの宿泊場所に使用するという目的もある。大昔の修学旅行生のように、布団を並べて寝るのだ。百人は寝られる。

二階に降りた。柔道着に着替えて畳に進んだ。黒帯を結ぶ。新人研修で初段を取っている。黒田はすでに仁王立ちで待っていた。怒気にまみれた表情だ。

互いに礼をした。

「はじめっ」

黒田が自ら声を張り上げ、突進してきた。まるで羆だ。奥襟を取ろうと、右手を伸ばしてくるが、一歩退(しりぞ)いて躱(かわ)す。

芽衣子にとって、振り降ろす鞭の速度よりも遅いものは、すべてスローモーションに見える。

前のめりになった黒田の胸襟を取り、左足に小内刈りを軽く放った。羆のような黒田の巨体がぐらりと揺れる。が、持ちこたえていた。

「小癪(こしゃく)な」

右足で踏ん張りながら体勢を保った黒田が、今度は身体を屈めて芽衣子の腰に両手を伸ばしてきた。

柔道というよりもレスリングのように抱きついてこようという戦法だ。芽衣子は腰を畳に向けて降ろした。瞬間、黒田の眼の色が変わった。そのまま前へと突っ込んでくる。その両腕の袖を引いた。

——もらった。

芽衣子は胸底でそう叫び、両足を上げた。黒田に足の裏を見せる。

「おわっ」

黒田は、慌てて踏みとどまろうとしたが、間に合わなかった。芽衣子の右足の裏に黒田の太腿が乗った。

「とう！」

掛け声とともに巴投げを決めた。黒田の身体が宙に浮き、背中から畳に落ちた。

柔道では、もっとも屈辱的な負け方のはずだ。

「私、初段しか持っていないんですけど」

芽衣子は寝ころんだ体勢のまま、嗤笑した。初段以上の昇段試験を受けていないというだけのことだ。たぶん、四段ぐらいの実力はあると思っている。

「てめぇ、舐めた真似しやがって、歌舞伎町じゃ柔道の投げ技なんて出している間はねぇ。逮捕に必要なのは寝技だ。教えてやる」

身体を反転させた黒田が、仰向けの芽衣子に上から襲いかかってきた。奥襟と尻を同時に摑まれた。下は尻穴のあたりを鷲摑まれている。

「うっ」

横四方固めだ。右腕側からの押さえ込み。黒田の顔がバストの上に置かれた。額で膨らみを押しまくられた。

「ちっ」

思わず舌打ちをする。

案の定、黒田は芽衣子の道着の基底部を摑んだ手を、ぐいっと押し付けてきた。

道着の上からとはいえ、柔道の技に名を借りた手まんだ。次第に人差し指を狭間に埋めてくる。

くっ。歯嚙みした。

「女が相手とみれば、極道だってアドレナリンがあがる。次いでに、無料マンを食ってやろうと思うものさ。だからこんなこともされる」

さらに奥襟を押さえていた手が、胸へと伸びてきた。襟から手を突っ込まれ、Tシャツの上から揉まれる。仕事柄スポーツブラだ。五指の食い込みをはっきりと感じた。

「黒田先輩。これ、柔道の乱取りじゃなくて、刑事の乱闘訓練とみていいんですよね」

芽衣子はあえて体の動きを止めて尋ねた。図に乗ったように、黒田の左右の指先がバストの頂と基底部の孔へと向かって進みだす。

「そうさ。歌舞伎町で、襲われたらこういう目に遭う。相手がチャイナマフィアだったら、刑事だろうが輪姦されて、中東に売り飛ばされるぜ」

黒田が勝ち誇ったように言い、股の狭間に這わせていた指を、ぐっと窪みに押し込んできた。直接ではないにしても、指の尖端の感触ははっきり感じた。

「わかりました。乱闘訓練ですね。だったらルールはないですね」

「おうよ。ルールはねぇ」

黒田が、バストを揉みしだいてきた。

「なら……」

芽衣子は黒田を睨み、思い切り息を吸い込み丹田(たんでん)に力を込めた。

気合を入れて、腰を振る。

レスリングのフォールを跳ね除けるように、腰をワンバウンドさせた。黒田の身体がほんのわずかに浮いた。

「無駄だぜ」

黒田が、せせら笑うように両腕に力を込めてきた。固定したつもりだ。だが、芽衣子は一瞬の隙に、自分の右腕を黒田の股間に伸ばしていた。

黒田は、形がはっきりわかるほど勃起していた。男根の尖端を探し握ってやる。

黒田の顔が綻(ほころ)んだ。

「殺されないためには、そういう要領の良さも必要になる」

窪みを押していた、黒田の人差し指が、女の突起部の方へ這いあがってくる。尺取虫のような動きだ。

どうせなら、押してちょうだい。

芽衣子はそう願った。

果たして、発情の汗を浮かべた黒田の指先は、そそり立った肉芽を見つけだした。軽く掻くように触られた。生理反応として、疼いた。必死に声が漏れるのを堪え、亀頭を握っていた手を、睾丸の方へと下げる。道着の上から軽く触れてやる。

「そっちも、もっと気持ちよくさせてやる」

親指で、クリトリスを押された。くわっ。ビクンと四肢に淫撃が走った。その力を反作用にして、黒田の睾丸を握った。渾身の力で握る。固ゆで卵が潰れるような感触があった。

「うわぁあああああ」

黒田が白目を剝いて、跳ね退いた。額に大粒の汗を浮かべ、股間に手を当てている。芽衣子は立ち上がった。

「とどめ！」

右肘を曲げ、畳を蹴った。ジャンプし、曲げた肘を黒田の腹に叩き込む。

「ぐぇ！」

黒田の口から灰色の飛沫が上がった。

「私の一本勝ちなので、歌舞伎町のパトロールは勝手にやらせてもらいます。サポートして欲しいことがあったらお願いしますので、協力してください」

黒田を睥睨(へいげい)しながら言った。

「わかった。俺が下につく。何でも聞いてくれ」

黒田が、腹をさすりながら言った。口の周りに塩辛のような吐しゃ物をつけたままだ。

「とりあえず、これからひとりで歌舞伎町を回ってきますので、黒田先輩は、昨日の報告書でもせっせと書いていてください。聞きたいことがあったら、刑事電話(ポリスモード)で連絡します」

「おい、これからって、まだ午前中だぞ。ヤクザも半グレもまだ寝ている時間だ」

黒田が、道着の袖で、口を拭(ぬぐ)いながら言う。

「先輩、悪党のトレンドに対して疎(うと)すぎますね。癒着して得た情報で報告書は書けても、ホントの闇の奥は覗けませんよ。私、独自に踏み込みますから」

「おまえ、死ぬぞ」

黒田のそんな言葉には答えず、芽衣子は踵を返し、道場を後にした。

4

午前十一時。

鈍色（にびいろ）の空に浮かぶゴジラを見上げながら、芽衣子は、セントラルロードを進んだ。午前中とあって人がまばらだ。

三代前の都知事が歌舞伎町の浄化を図ったことから、この街もだいぶ様子を変えた。コマ劇場の跡地に立った新東宝ビルの一階には洒落た飲食店が並び、黄昏時には普通にOL同士が飲んでいる。サラリーマン客も多い。

風俗店の客引きも、日本人よりもカネに糸目をつけない中国人団体客に積極的に声をかけている。呼び込みも中国人だ。

いまや歌舞伎町も一丁目は観光地に過ぎない。芽衣子はそんなことを思いながら、東宝ビルの前を抜け、歌舞伎町交番前までやってきた。五人ほどの警官が詰めていた。ふたりが真剣な眼差しで、花道（はなみち）通りの方向を警戒していた。道の向こう側には、たとえ午前中の長閑（のどか）な時間でも、気の抜けないエリアが控えている。

歌舞伎町二丁目だ。

歌舞伎町は一丁目と二丁目では色合いがまったく違う。

キャバクラや風俗店も多いが、一丁目は基本飲食店だ。対して二丁目はラブホ。窓から明かりの漏れない鬱蒼(うっそう)としたホテルが並ぶ。暗く湿った地帯だ。もともとこの土地は、大久保(おおくぼ)の由来となる窪地で、明治時代までは湿地帯だったのだから、その遺伝子がいまに伝わっているのかも知れない。土地柄というのには、どこかそうした遺伝子があるものだ。

芽衣子は交番から、花道通りを区役所通りに向かって歩いた。

三階に有名なピンサロ『はっぴぃ日の丸』のあるアシベ会館の前を過ぎた頃から、どこからともなくカラオケで歌う声やタンバリンなどの音も聞こえてきた。

昼キャバや、ホストクラブの二部営業だ。

かつては明け方四時ぐらいまで営業していた店も、いまでは午前零時の閉店を余儀なくされている。東京二〇二〇オリンピックの開催が決定して以来、警視庁の取り締まりが厳しくなったからだ。

水商売の強者(つわもの)たちは、深夜の売り上げをカバーするために、三毛作(さんもうさく)営業をしているのだ。

本営業を午前零時に閉店する代わりに、六時間後の日の出には再び店を開いて昼過ぎまで営業する。これが二部だ。二時間ほど閉じ、さらに午後三時から六時まで再び店を開ける。これが第三部。

つまり三毛作だ。

客質は、営業時間によって大きく変わる。それが現在の歌舞伎町のトレンドだ。

『六本木では、そんなやり方は流行りませんよ。昼間に遊びに来る客は、そもそも普通のビジネスマンじゃない。厄介なだけですよ。三毛作営業は、歌舞伎町だからこそ需要のある方式なんです』

一昨日の夜、六本木のキャバクラでマネジャーを務める村山仙一が、そう言って笑った。

やはり水の話は水に聞くに限る。いいヒントになった。

区役所通りとの交差点にある風林会館の手前を二丁目側に曲がった。去年までは、このあたりに、京都系のストリップ劇場があったはずだ。女王時代に何度か、その劇場に出演する踊り子と飲んだ思い出がある。

黴臭く湿った空気のする裏通りを進んだ。

目指すホストクラブの入るビルが見つかった。地下へとつづく階段を降りる前に、被る覆面を頭の中に呼び戻す。

ここからは、新宿西署の太田麻沙美ではない。

銀座のビルオーナー星野由里子だ。

いくつものカバーを使いこなさなければならない潜入捜査員は、次第に自分が何者であるのかわからなくなるという。たしかにその通りで、芽衣子自身も紗倉芽衣子がどんな人間だったのか思いだせなくなる瞬間もあった。

階下へと降りた。

重厚な木製の扉に真鍮（しんちゅう）のプレートが貼られていた。『狂い咲き』。黒文字で店名が書かれている。

重い扉を引いた。

突如、大音量で『残酷な天使のテーゼ』を歌う女の声に、身体が煽（あお）られる。店内は、午前十一時とは思えないテンションの上がりようだ。正直、アニソンは大嫌いだ。

「いらっしゃいませ」

小顔で目の大きなホストが、エントランスホールに駆け寄ってきた。どことなくビジュアル系エアバンドのリーダーに似た顔のホストだった。

「毛利（もうり）君はいるかしら？」

一昨日、村山から聞いた名前を出してみる。

「社長ですね。はい、この時間はおります。どうぞ」

相当酔っているのか、小顔のホストは甲高い声を上げながら、奥の席へと誘導してくれた。四十坪ほどの店だ。薄茶色の壁紙に、間接照明。黒革のゆったりした応接セットが六セットランダムに配置されている。

「社長指名のお姫様一名ご案内っ」

一番手前の応接セットに案内される。奥の席では、三組が盛り上がっている。いずれも女ふたり連れの客。それぞれホストが四人ずつ付いていた。女たちは、べろべろに酔っているようだ。カラオケを歌っているスリップワンピの女は、立っているのもやっとという感じに見える。

一番奥の席から背の高い、ナチュラルウルフカットの男がやってきた。

「おはようございます。毛利です。えーと」

毛利は名前を思いだそうとしているようだ。

「初めてよ。私、由里子っていうの。六本木の『オーシャンプリセンス』のマネジャーから、聞いてきたのよ」

「あっ、六本木のお姫様ですか」

毛利は、大げさに驚いてみせて、胸ポケットから名刺を取りだした。金色の名刺だった。

【狂い咲き　代表　毛利清春】とある。たっぷりファンデーションを塗った顔からは年齢は察しにくいが、村山の話では四十ジャストぐらいだろうという。三央連合の幹部たちの年齢と合致する。

「違うわよ。私、ビルの経営者。一昨日、六本木の『水と風』っていう店で偶然出会ったの」

　あえて『水と風』の名前も出してみる。

「あぁ、浩平君の店ですね。僕、ずいぶん行ってないな。五年ぐらい前は、明け方によく繰りだしたものですがね。彼、元気でした？」

　五年前。まだ、生活安全課の刑事にうまく金を握らせれば、深夜営業が見逃されていた頃だ。日の出から再度営業をするようになってその暇もなくなったのだろう。

　いまや明け方からが一番美味しい客が来る時間だ。

「元気だったわよ」

　由里子も名刺を差しだした。星野ビルディング。代表取締役の名刺だ。覆面プロフィールでは、曽祖父の代からの土地に、祖父が建てたビルということになっている。曽祖父の名前が星野源太郎って、いかにも作ったっぽいが、登記簿上そうなっている。つまり国家の土地と建物ということだ。

「それはなにより」

毛利が隣に腰を下ろし、しげしげと名刺を眺めている。

「ドンペリの白。店が気にいったらピンクでもゴールドでも入れるわよ。でもタワーとか、野暮（やぼ）ったいことはお断りよ」

「畏まり！　さすがは、銀座の大物社長。遊び慣れていますねぇ。おーい。ドンプラいただきました」

毛利が、待機中のホストに向かってそう叫んだ。『残酷な天使のテーゼ』がやっとおわってくれたところだ。

「誰がプラチナといったのよ。ぼったくり店とは知らなかったわ」

「僕の奢（おご）りです。お代は白の価格しかいただきません。ご心配なく」

「洒落た真似するわね」

同じ客がまた歌いだした。今度はあいみょんの『マリーゴールド』だ。

「やかましくてすみません。そろそろ、アフターに連れだしますから」

「気にしないわよ」

じきに、ドン・ペリニヨンのプラチナとシャンパングラスが並べられた。乾杯した。柔道で汗を流した後のシャンパンは格別に美味しかった。

「なんでまたうちの店に？」

毛利が、聞いてきた。

「村山さんや青山君に、歌舞伎町に古いビルの出物はないかなぁって相談したら、あれほどややこしい町はないから、止めとけって言われてね。それじゃ、まず単純に飲みにいってみるわ、と言ったら、ふたりともこの店を紹介してくれたの」

粉をかけた。

「いやぁ、六本木の皆さんはいまだに歌舞伎町を毛嫌いしていますね。まぁ、確かにややこしいんですけどね。このビルだって……おっとお客さんに言う話じゃないですね」

毛利は意味ありげに笑った。

言いたいことの続きはわかっている。

歌舞伎町には、町全体を支配している反社がないのだ。つまり明確な縄張りがない。そこが他の歓楽街と違うところだ。

おそらくこのビルに入っている各店も、店ごとにいろんな団体がついている。意外と知られていないことだ。歌舞伎町は戦後にできた歓楽街で、そのため、それ以前から仕切っていた任俠団体という物がない。そのため、無秩序に縄が引かれたまま七十五年の歳月が流れてしまったのだ。

「どこか、眼をつけているビルはあるんですか？」

毛利が、話に乗ってきた。

「二丁目のラブホ、老朽化して手放すというオーナーはいないかしらね？」

「一丁目ではなく、二丁目ですか？」

「これから再開発されるのは二丁目でしょうが。都がいつまでもここをラブホ街にしておくと思う？　邪魔くさいと思っているに決まっているじゃない。ここを整理して、劇場とか巨大ショッピングビルとか、ビジネスビル。作り変えたい案はいくらでもあるわ」

芽衣子は、思わせぶりに言った。根拠のない出鱈目だ。

「ねぇ、由里子さん。近々、プライベートで飲みにいきませんか？　歌舞伎町を案内しますよ」

唐突に毛利がそう言った。餌に食らいついたようだ。

「あら、いきなりウリをかけるの？」

芽衣子がいなす。

「いやいや、滅相もない。由里子さんのこと、そんなに安く見ていませんよ。僕が由里子さんの歌舞伎町の水先案内人になれるかもしれない」

満面に笑みを浮かべている。

「色より富を取るタイプね」

「金儲けの方が遥かにセクシーですね。そう思いません？」

客によって殺し文句を変える腕も持っている。

「そうね。毛利君と一緒なら、歌舞伎町の裏の顔を覗きにいっても安全かも」

「はい。逆に言えば、僕の顔の利く場所しかお連れできませんけど」

どこで罠（わな）を仕掛けてくる気だろう？

芽衣子は、シャンパンを飲み干し、毛利に視線を向けた。じっと見つめてやる。

「つらしゃいませ」

扉付近に待機していた小顔のホストが、声を張り上げた。

いきなり扉が開いて、男が四人ほどやってくる。いずれも、高級なスーツに身を包んでいた。髪型も清潔感のあるツーブロックだ。

ぱっと見、ＩＴ起業家か大手企業のビジネスマン。だが、そんな連中は普通、平日の午前中にホストクラブにはやってこない。

「あ～、負けた、負けた。たまんねぇよ。一発やんねぇと、気持ちがおさまんねぇ」

男のひとりが言いながら、毛利に視線をくれた。

「もうできあがっているよ。さっさと持っていけ。こっちもうるさくてたまんねぇ」

毛利が答えた。口調が、芽衣子に対するものとは異なり、ぞんざいになっている。

ホストたちが一斉に立ち上がり、女客たちから離れた。

「もう、全員、会計は済ませているんだろうな」

接客をやめて、扉の方へと向かうホストのひとりに、毛利が声をかけた。

「全席、カードで済んでいます」

一礼して去っていった。他のホストも扉へと向かっている。女たちを置いて、帰るようだ。

すると、たったいま入ってきた男たちが、女客たちを物色し、それぞれ腕を引いている。ふたりの女を連れた男もいる。

「じゃぁ、毛利君、ごちそうになるわ」

「好きにしろよ。その女たちも、プライベートでやりたがっている。うちのホストは、三時からまた仕事だ。いちいちセックスをさせてたらもたない」

「こっちは賭場でやられて、むらむらしてしょうがない。擦って、出して、寝るさ。

毛利君さ、お返しにチップ百万円分回しておくから、いつでも健太に言ってくれよ」

「わかった。さっさとやりに行け」

毛利が手の甲を振ると、男たちは女を全員連れて帰っていった。

「早くも舞台裏をみせてしまいましたね」

毛利が苦笑いをした。

「素敵なお仲間が多いようですね。どこかの組の方かしら？」

「三央連合。でも怖がらなくていいです。俺は奴らと中学生の頃からの仲間です。だから、持ちつ持たれつでやっている」

毛利がシャンパンを注ぎ足してくれた。つまり毛利も三央連合の幹部ということだ。ファーストタッチとしてはここまででいい。

「また来るわ。三時からは、マダム系から引っ張るんでしょう。頑張って」

芽衣子は、財布から十万抜きテーブルに置いた。ホストクラブのボトル価格は、市中価格の十倍が相場だ。

「いや半額でいいですよ。次は、夜に来てください。夜が一番落ち着いています。僕も抜けだせるので、歌舞伎町のアンダー部分、ご案内できます」

芽衣子は「了解」と頷き扉を開けた。階段を上がると真昼の空がまぶしかった。

第三章　歌舞伎町アンダーワールド

1

「三央連合は、特に組事務所というのを持っていない。そこが、もともとの暴力団とは違うところだ」

煙草に火をつけながら、黒田が言った。靖国通りに面したこぢんまりとした喫茶店だ。喫煙許可が下りているようだ。大きなガラス窓からは、雨に煙る靖国通りが見える。

署内では、喫煙ができるのは屋上だけだそうだ。それもカラーコーンで仕切られた三平方メートル四方のスペースだけだという。

あいにくの雨で、そのスペースも使えないということで、この店にやってきた。

署から十分近く歩くが、その分、関係者は誰もいない。客も他にはいなかった。

「本当に、拠点はないんですか？」

芽衣子も煙草の箱を取った。メビウスだ。実業家の星野由里子はラッキーストライクで、マルボウ刑事の太田麻沙美はメビウスとした。その辺は自分で決めたことだ。一本咥え、黒田の百円ライターを借りた。

「不明だ。元から歌舞伎町に縄を張っている連中は、代紋や提灯こそ外したが、いまだに事務所を構え、若い衆を常時待機させているが、三央連合は違う。いくら定点観測をしてもそうした拠点は見えてこない。幹部の行動もバラバラなんだ。いや俺が、情報を秘匿しているわけじゃないぜ」

黒田が入道雲のような煙を吐いた。

見栄っ張りのヤクザは、服装、車、組事務所などの体裁を重んじる。親を中心にした疑似家族を維持するため、若衆を住まわせる組事務所は必須となるのだ。

だが、半グレ集団は違う。友達の絆であって家族ではない。したがって、群れるときは群れるが、事がすめば個々に戻る習性がある。

三央連合は、警視庁が勝手に準暴力団指定をしただけであって、その形態は、いまだ半グレ集団なのであろう。

「秘密裏に集まる店というのも、まったく不明ですか」

念を押して、コーヒーを飲む。昔気質の店主がネルドリップで丁寧に注いだキリマンジャロは美味しい。

「七年ぐらい前までは、セントラルロードの喫茶店や西武新宿駅近くのホテルのラウンジなんかにたまっていたが、暴力行為よりも経済活動に比重を置くようになってからは、そういった集いもなくなっている。いまどきのテレワークを活用してるらしい」

「まるでIT産業ですね」

芽衣子は窓の外の雨景色を見ながら言った。不思議なことに、半グレ集団とIT産業は、奇妙な親和性を持っている。

約二十年前、産業界と闇社会におけるイノベーターであったIT起業家と半グレ集団は、アダルトコンテンツを媒介にして急速に結びついたのだ。

インターネットの黎明期、出会い系サイトや海外からの無修正動画配信というビジネスで両者はともに利益を上げている。

ヤクザがITに疎かった時代のことだ。

このネット系エロのブレイクによって、それまでのヤクザの末端組員が、せっせとしのいでいたエロDVDのダビング販売や、ピンクチラシによる美人局（つつもたせ）は、いっぺんに吹っ飛ばされることになった。

成功したIT起業家たちの背後に、いまなお半グレ集団の姿が見え隠れするのはそうした事情がある。

「三央連合というのは、早い話、準指定暴力団というより、極道でいうところのフロント企業の集団のようですね」

「早い話がそういうことだ。だから、俺たちとしても監視しても、ネタはまったく挙がらない」

黒田がぼやいた。ネタとは、恐喝や暴行、あるいは覚醒剤の密売などだ。

「でも、彼らが、堂々と正業をやっている裏には、どこかに暴力装置があるということですよね」

そうでなければ、風俗業、飲食業、金融業、不動産業、芸能プロなどの彼らの正業は、他のヤクザに食われるはずだ。

「下部組織の暴走族と奴らははっきり区別をつけている。族の方は、十九歳までと決めていて、逮捕しても刑務所には行かなくて済むようにしていやがる。こいつらが鉄砲玉だ。ヤクザ相手にも、平気でマシンガンをぶっ放す。逮捕されて少年院（ネンショウ）にぶち込まれても、せいぜい二年だ。出てきたガキを、奴らはマニラやバンコクに送り込み、特殊詐欺のチーフに仕込む。報酬は歩合制だ。いずれ現地の女と結婚させて、国籍を取得させて生まれ変わらせる。それが徹底してるから、ガキは、競い合って鉄砲玉を志願する。ヤクザがブルを嚙むのもしょうがない」

黒田が苦虫を嚙み潰したような顔をする。

なるほどシステムが分かってきた。

「三央連合の総長、古関天平（こせきてんぺい）については？」

かつての高円寺爆走会のトップで、中央線沿線の暴走族、不良グループを糾合した立役者である。現在四十二歳。芸能プロの社長という肩書で、実業家を装っている男だ。

「それは、表向きの総長だ。三央連合は、もともとのヤクザと違って、アタマを張って粋がるような集団じゃない。実質的には、西尾真人（にしおまこと）という男が仕切っている。吉祥寺爆走連の出身で、こいつは逮捕歴がない。二十歳の頃に、巧妙にW大やA学院大のイベントサークルに接近し三央連合を巨大化させた立役者だ。有名イベントサークル『スーパーヘビー』のケツ持ちを引き受けたのが、学生たちとの付き合いの始まりだ」

芽衣子は膝を打った。

ＩＴ起業家の他に、もうひとつ半グレと親和性が高い堅気の集団があったことを想いだしたのだ。

いくつもの大学を取りまとめる巨大イベントサークル。通称『イベサー』と呼ばれる連中だ。

一見、中卒が大半の半グレと、有名大学の学生は無縁に見えるが、二〇〇〇年代の初頭、渋谷や六本木のクラブで両者は、顔を合わせ始めていた。

ディスコやライブハウスで繰り広げられる巨大パーティは、利幅の大きな興行であるが、トラブルも絶えない。

後輩への押し売りのチケット販売、女子大生への集団強姦、他のサークルとの主導権争いなどさまざまだ。

ヤクザがこのうまみに気づく前に、いくつかの半グレ集団がここに手を突っ込み、掌握してしまったのだ。

当時の暴走族集団吉祥寺爆走連もそのひとつだったということだ。

特に『スーパーヘビー』を掌中に収めたのであれば、大きい。

「西尾の行動確認はしているんですか？」

四係が、裏ボスとして認定しているのであれば、行確の対象となっているはずだ。

「いや、西尾は、三央連合が準暴に指定される直前に、脱退表明をしてマニラに渡ってしまった。堅気の上に、外国暮らしとあっては、マルボウとしては行確のしようもない。西尾が裏ボスとみているのも、推測に過ぎないし、下手に監視などすれば、高名なヤメケンが集まる弁護士事務所から、即座にクレームが入る」

黒田が、コーヒーを飲み干した。

「マニラから、新宿を仕切っているんですか？」

「いまどきのテレワークというやつじゃないか」

黒田は、調べようがないと、投げやりに言い煙草をもみ消した。確かに、その辺は、潜入捜査でもしない限り、仕組みは確認できないだろう。

「マニラにいることははっきりしているのですね？」

「それも明確じゃない。マニラを拠点に、様々なビジネスをしているということだけだ。犯罪歴はないので、日本とも自由に行き来しているはずだ。すでに巨万の富を手にしている男だ。合法的に様々なビジネスができる」

「歌舞伎町での接触者を洗う手はないのですか？」

必ず接点はあるはずだ。

「いや、三央連合の連中はもとより、傘下の暴走族も西尾についてはまったくもって口が堅い。誰も知らないという。もはや神格化された存在とも言えるな。西尾自身、帰国しても、わざわざ歌舞伎町に入ってくるようなことはしないようだ。おそらく、誰かをクッションに入れているんじゃないかな」

芽衣子の頭の中で、クッションという言葉が、引っかかった。これまでの話の内容にヒントがあったような気がする。

「あの、西尾は二十年前に出会ったＩＴ起業家やイベントサークルの人間たちとは、いまでも交流があるんですよね」

「あるだろうな……クッションをそこと見立てるのか」

黒田が、新しい煙草を取りだした。

「あえて、定点観測されている三央連合の表看板の古関やそのほかの幹部には近づかないでしょう。二十年前、イベサーでさんざん、女子大生を食いまくった連中は、今ごろどうしているんでしょうね？」

「大手広告代理店やテレビ局に勤めている者や、医師、弁護士になった者も多いという。学生時代にさんざん悪行を働いていても、前科（マエ）が残っていなければ、その後の人生に何ら支障はない。だが、太田、なんでおまえさんは、三央連合に興味を持つ？　国際刑事警察機構が西尾を挙げようとしているってことか？」

　黒田が探るような視線を向けてきた。

「いいえ。西尾そのものをマトにかけようとしているわけではありません。既存の任侠団体は、黒田さんのような古参ときちんと情報ルートができているでしょう。私は、新参者として手つかずの三央連合を観察したいということです。黒田さんの言う通り、キャリアの私の任期は長くて二年です。早ければ来年はもういません。そんな私が、みなさんと同じ領域で張り合っても何の得もありません。独自の調査結果を引っ提げて警視庁（ホンシャ）か警察庁（サッチョウ）に戻りたいと思っています。作り上げたルートは、そのまま黒田さんへの置き土産（みやげ）にしますけど、どうでしょう」

　我ながら、いい方便だと思った。

「異論はまったくないよ。何でも聞いてくれ。それとヤバくなったら遠慮なく声をかけてくれ。もうあんたに、どうのこうのといったわだかまりはない」

「ありがとう。当面、勝手に探るわ」

　芽衣子は、カウンターで静かにスポーツ紙を読んでいた店主に、新たにキリマンジャロをふたつ注文した。

「黒田さん、歌舞伎町の縄張り地図を詳しく教えてください」

「それは手間暇のかかる話だぜ。だが、まぁいい、キャリアに講義できる機会なんてめったにない。きっちり教えてやる」

そう言うと、黒田は、店主に紙とボールペンを持ってくるように伝えた。地図入りで教授してくれるらしい。

2

大臣室の窓から雨に煙る永田町の風景が見えていた。

「その後、宮崎の様子はどうかしら？」

及川茉莉は、内閣府の事務方に聞いた。

「地元財界と調整を重ねたうえで、手を挙げる準備に入ったそうです」

対面する秋元直樹（あきもとなおき）が答えた。五十三歳の審議官だ。

「それはよかったわ。長官の快気祝いにいい報告ができそうね」

「ですが、三浦（みうら）先生が、横浜の先行決定を催促してきています。国交省や経産省のIR担当者も、横浜先行の線を押してきていますが……」

秋元が眉間に深い皺を刻んだ。三浦とは、参議院議員三浦瞬子（しゅんこ）。元女優である。

神奈川選挙区選出だ。

「総理から釘を刺してもらう以外手はなさそうね」

史上最長の総理在任記録を更新中の、石坂誠三（いしざかせいぞう）は、あえてIR開業都市の決定を先延ばしにしたがっている。東京オリンピック・パラリンピックは延期されたうえに開催も危ぶまれる。経済状況が見通せない中、おいそれと切り札を出したくないというのも理由のひとつだが、オリンピックとは異なり、負のイメージと様々な利権が入り混じっているカジノについては、なおさら慎重にならざるを得ないのだ。

手順を間違えて、いきなり政局にしたくない。そういうことだろう。

八年目に突入した石坂政権だが、いよいよレームダック化している。石坂は、来年までの任期を全うし、その後は盟友の五十嵐潤三（いがらしじゅんぞう）に禅譲する肚（はら）だ。

その後は、官房長官の菅沼と二人三脚で、令和のキングメーカーを目指すつもりなのだ。そこに慎重にたどり着こうとしているのだ。

カジノ利権がらみでスキャンダルに見舞われて失脚となれば、石坂の清新なイメージは棄損され、五十嵐潤三への禅譲構想も吹っ飛びかねない。

そうした事態に陥（おちい）れば、担ぎだされるのは、かねてから石坂に批判的であった非主流派の領袖、霧原正樹（きりはらまさき）となる。それが民自党のお家芸だが、それは石坂にとって最悪のシナリオとなる。

カジノに関するジャッジ、とりわけ開設都市の決定には、それだけリスクが伴うということだ。

「総理は、三浦先生には、何も言いたがらないでしょう」

秋元が、感情を排した声で言った。

「そうですか……」

及川はため息をついた。

マスコミへの露出度が高い、三浦瞬子を敵に回したくないということだろう。四十二歳の若さながら、東山派の事務総長も兼ねている。

『女性の視線からも健全に感じられるカジノを』

初代のIR担当大臣に及川が抜擢されたのは、そんな理由からだが、もうひとりの有力候補者が元女優の三浦瞬子だった。

ほとんど三浦で決定だったとまで言われている。大向こうに受けることが好きな石坂としても、そのつもりだったに違いない。

土壇場でひっくり返し、及川を強引にねじ込んだのは、菅沼だった。

「わかりました。私が、三浦さんと話しましょう」

歳の近い女性議員。しかも閣僚ポストを争った間柄である。

地方議員出身の及川の方が政界でのキャリアは長い。だが、なんといっても三浦には圧倒的な知名度があった。

正直、やりにくい。

「山下ふ頭では、あの地に倉庫を連ねる港湾事業者連合が、立ち退きに断固反対したままです」

横浜は候補地を山下ふ頭として手を挙げている。だが、その土地の活用をめぐって、港湾事業者や地元経済界との合意には至っていない。利権の整理がうまくついていないのだ。そのこと自体が、カジノの闇の部分を窺わせ、よりイメージを悪くしている。

「そこが解決しない限り、横浜は手のつけようがないのではないかしら」

「東山議長と三浦先生が、水面下で、鶴巻会長の説得に入っているようです。こじれた市長との調整も東山さんが買ってでたようなんです」

秋元が淡々と答えた。鶴巻会長とは、横浜エンタテインメント産業同友会の会長、鶴巻哲三だ。御年八十八歳。戦前までは『鶴巻組』として港湾荷役に携わっていた実家を引き継ぎ、戦後はナイトクラブとパチンコ店の経営で富を得、その後、劇場、イベンター、ＣＳ放送事業、ネットニュース事業にも参入している。

横浜財界の裏の首領という異名も持ち、政界にも強い影響力を持っている。この清濁併せ呑むを心得た老人が、なぜかカジノ開業には強く反対していた。一つには、カジノによってもっとも打撃を受けるとされるパチンコ業界の利益を代表していると言われているが、それだけが本音だとは思えない。

「東山の婆さんは、鶴巻の爺さんに、どんな手土産を渡そうとしているんでしょうか」

及川は、単刀直入に聞いた。

「というより、鶴巻さんが揉めているのは、実はポーズなのではないでしょうか？」

「その心は利権をより大きくしたいため？」

及川は、さりげなく聞いた。

鶴巻哲三ほどの人物が、パチンコ店の利益を代表するだけで、そこまでごねるとは思えないというのが、大方の見方だ。ましてや、正義を振りかざすことなどありえない。緊張を高めて、自分の存在感を高める。そう考えているだけであろう。

「いや、これは、もっと根が深いような気がします」

秋元がそう言いながら、及川の顔をまじまじと覗き込んできた。

「大臣……永田町では、見えることは嘘で、見えないところに真実があります」

「というと?」

秋元は禅問答のようなことを言った。

及川は、顎(あご)に手を当てて、思いを巡らせた。

見えるものはすべて嘘。

その言葉を何度も反芻(はんすう)する。ふと自分なりに答えを出した。

「ありがとう。総理や長官の考えが、少し見えてきたわ。私が、三浦さんとお会いしましょう。百回ぐらい会談するつもりでね」

及川は、大きく目を見開いて答えた。

「さっそく段取ります」

秋元が、分厚いファイルケースを小脇に抱えて退室していった。窓の外では雨が一層激しくなっていた。

3

「照れくさくなるほどの明るさね……」

芽衣子は、ホストクラブ『狂い咲き』のソファに腰を下ろすなり、眼を細めた。先週火曜日の午前中に来店した時よりも、照明が明るくなっている。カラオケはこの時間は停止だそうで、店には、ピアノジャズが流れていた。

週末の午後九時だった。星野由里子になってきた。ウエストから下がパラシュート型に広がるワンピースを着てきた。黄色の地に、たくさんの花びらが散っている。そのうえに、丈の短いカーディガン。なりすまし役のキャラクターに寄せた服装だったが、本来の芽衣子からすれば、ちょっとかわいすぎて馴染まない。

「この時間の客はＯＬが中心ですから健全ムードを演出しています。こっちもソフト対応でやっています」

毛利清春が穏やかな営業スマイルを浮かべながら、グラスを掻き混ぜた。スコッチのオンザロックだ。毛利は、モスグリーンの光沢のあるスーツだ。ホワイトシャツにノーネクタイ。

たしかに、六席ある応接セットではいずれも、ごく普通のＯＬ風に見える女たちが飲んでいた。ホストたちも、べったりと横に張り付くのではなく、適度に間隔を置いて接客している。自分たちもくつろいでいるようだ。

いずれのホストも一線級ではないことは一目でわかった。

エグイ連中は朝方から出てくるというわけだ。

「飲食店にとってゴールデンタイムと思える時間帯が、ホストクラブではサービスタイムってことね」

グラスを受け取り乾杯した。

「そういうことです。この時間の客単価、せいぜい二万円ですよ。男がキャバで使う金と同じぐらいの設定です。まっ、働く女性がストレス発散で飲むには、それぐらいが限度です」

「色恋営業はやらないの？」

気になることをストレートに聞いた。

「素人相手に色を売るのは、厄介なだけですよ。『愛している』を真に受けられて、ストーカーになられたら仕事になりません。うちらが真剣に営業する相手は、やはり水と風ですよ。気心も知れているし、お互い、持ちつ持たれつだということも知っている。堅気の実業家さんにこんな言い方で、すみません」

「女の実業家の客は来ないの？」

「その手の本気で遊ぶ人は、十一時過ぎにやって来て、深夜はうちの子を持ち帰ります。それ専用のメンバーがいます。こっちの世界では特攻隊っていうんです」

毛利は舌を出して笑った。

「なるほどね。売り専だ」

「でも、六本木や赤坂のホストと遊ぶような女性実業家は来ませんよ。歌舞伎町は、イケている人の街でも、最新トレンドを発信する街でもありません。あくまでどす黒い街ですよ。どろどろな闇に身を置いて、逆に気が休まる人の街です。ですから、由里子さんのような洗練された方が、この街でビジネスをするのはお勧めしません。銀座と歌舞伎町では、ビルの店子の気質もまるで違う」

毛利が、勝気な子供をなだめるような口調で言う。

「私、天邪鬼な性格だから、ますます、歌舞伎町でビジネスがしたくなったわ。どこか案内してよ。花代はきちんと払います」

クレジットカードを見せながら言う。星野由里子名義のカードだ。

「いやいや、男芸者には違いないですが、花代は結構ですよ。それよりも、もしもこの街で、ビルの経営をなさるつもりなら、店子として一枚嚙ませてほしいものです。まぁそれが本音です。ですから、商売人同士の付き合いということでどうでしょう」

毛利が、眼に力を込めて言う。

毛利も、この十日ばかりの間に、「星野由里子」のことを調べ上げたに違いない。完璧なバックプロフィールが用意されている。実在しないのに実在している人物。それが、星野由里子だ。

「では、面白い店子の入っているビルにご案内しましょう」

「そこは売り物件なの？」

芽衣子は、商売気のある顔をしてみせた。

「残念ながら、その情報はありません。ただし、その店には、不動産関係者もやってきます。ゲームをしながら、僕が繋ぎますよ」

毛利が立ち上がった。

「ゲーム？」

「はい、ゲームです。行けばわかりますよ」

狂い咲きでは、三十分ほど飲んで、毛利と共に店を出た。

「歌舞伎町二丁目の奥の院にご案内します」

煌々と輝く歌舞伎町一丁目とは対照的な仄暗い二丁目の中央へと進んだ。闇の歌舞伎町だ。古い昭和のたたずまいのラブホが並ぶ。このところ雨が続いたせいか、饐えた臭いがよりきつかった。

「なんだかんだと言ってラブホに連れ込むっていうことですか？」

「はい。行先はラブホです」

「まずはセックスして、親密になろうということ？」

男と女は、一発やると一年会話を続けるよりも、距離が縮まる。互いの身体の様々な特徴、セックスをしていない相手には見せたことのない表情。そういったことを共有することにより特別な親近感が生まれる。公安特殊情報員はそうしたことも武器として使う。なりすました本人のキャラのままのセックスをしろというのだ。

ただし、実施訓練はなかった。

「あのラブホはセックス以外にもいろいろ使い道があるんですよ。ある意味、全室スイートルームですから」

毛利が、後頭部を掻きながら早足になった。静寂の中に鳴る足音が、やけに大きく聞こえた。

ラブホ街のほぼ中央に入った。場所柄、人気（ひとけ）はほとんどない。

「目的を持った人間しか入ってこない地帯ですから、見張りやすいんです」

周囲のラブホの上方を見回しながら、毛利が言った。

「どういうこと？」

「僕の口からは言えません。どうぞ、このホテルです」

毛利が足を止めた。古城のような外観のラブホだった。まさに昭和のデザインだ。

『エドシャトー』

古城風の壁に紫色のネオン看板が灯っていた。だが、その黒のアクリル製の扉には『ただいま満室』の札が掛かっている。

「満室ですが？」

「このホテルに『空き室のマーク』が点灯することはありません。それにこの扉はダミーでして」

「はい？」

「開けて入ってみてください」

毛利に勧められ、芽衣子はドアノブを回し扉を引いた。

「あらま」

そこは半畳ほどのスペースがあるだけで、三方はコンクリートの壁に囲まれていた。

「つまり扉があるだけです。たまに拳銃やナイフを持った男が隠れていることもありますが」

「ここは、普通に営業しているホテルじゃないということね」

「ホテルはホテルです。ただし会員制ということになっています」

毛利がスマホを取りだし、どこかに電話を入れた。

「目の前だ」

そう言うと、いきなり古城の煉瓦(れんが)の外壁が左右に開いた。

これにはさすがに驚いた。

中は駐車場だ。黒のセダンが三台、駐車していた。バイクとビッグスクーターも合計五台並んでいた。

「なんなのこれ？」

芽衣子は中に進みながら聞いた。

「ホテルの一階は駐車場ってことです」

「だからそういうことを聞いているんじゃなくて」

光景を焼き付けておきたくて、駐車場内を見渡した。ついでに、三台のセダン車の車番を暗記する。いずれも品川ナンバーだった。

「こっちにエレベーターがあります」

毛利と共に正面右手に進む。赤いエレベーターの扉があった。古ぼけたボタンがついている。

「躯体自体は昭和四十年代のものだそうです」

三人乗れば満員になりそうなエレベーターに入った。毛利が四階のボタンを押した。

「一階は全面駐車場だけど、上は客室？」

「ですから、ここはホテルじゃないんですから客室はありません。二階、三階はオフィスですよ。ただし、このエレベーターは二階、三階には止まりません。別な出入口があるんです」

「まるで要塞ね」

「まぁ、そんなようなものです」

実に速度の遅いエレベーターが、四階に到着した。想像していたよりも広い廊下があった。外観は昭和のままだが、内部は大幅に改造しているようだ。

廊下に扉が三か所ほどあった。

毛利が一番手前の扉のノブに手をかけた。どうしたわけだか、サングラスをかけている。

「どうぞ中に」

金庫のように分厚く、重そうな扉を開けた。

「うっ」

芽衣子は一瞬目が眩んだ。ライトの直撃を受けたのだ。コンサートなどのステージ効果で使う通称『目つぶしライト』だ。八十万カンデラほどあるのではないか。しばらくは、目の前がすべて真っ白に見えた。

次第に目の前の様子が見えてくる。

網膜に残る光の輪の奥から、大きなルーレットテーブルが見えてきた。見渡すと六十平方メートルほどの部屋だ。他にバカラとブラックジャックのテーブルが置かれていた。

裏カジノだ。

「うっす。毛利さん、おはようございます」

黒の細身のスーツを着た男がすぐに近づいてきた。光の衝撃で、顔はぼやけて見える。

「岩切さんはいるよね」

サングラスを外した毛利が聞いている。芽衣子は何度も眼を瞬かせ、視力が戻るのを待った。まだ光の輪がたくさん浮いていて、普段の七十パーセントほどの視覚情報しか入ってこない。客はいないようだ。

「隣で、打ち合わせ中です」

「お客さんをお連れした。すぐに呼んできてくれ」

「はいっ」

若い男が素早く動いた。重い扉を開けて出ていく。

「ライトを浴びせるとは厳重ね。くらくらするわ」

「初回だけですよ」

再び重い扉が開き、茶色のボルサリーノの中折れ帽子を被った老人が入ってきた。古希と喜寿の間ぐらいの年齢だろうか。顔に刻まれた皺が深い。最近では珍しいダブルのスーツを着ていた。恰幅が良く、顔は精悍だ。

「初めまして。岩切と言います」

岩切は、ボルサリーノを取った。短髪に少し白いものが混じっているように見えるが、まだ目が眩んでいて定かではない。

「星野由里子です」

芽衣子はお辞儀をした。

「ビルを探しているとか？」

岩切はルーレット台の方へと向かって進んだ。他に客はいない。ここにいるのは、芽衣子と岩切。それに毛利だけだ。

「ディーラーを。それと飲み物を。俺は今夜土産にもらったというサンミゲールだ。星野さんは？」

岩切が毛利に伝えた。低い声だ。サンミゲールはフィリピンのビールだ。芽衣子の心臓の鼓動が跳ねた。

三央連合の裏ボスというか本ボスの西尾真人はフィリピンのマニラにいると聞いている。

「私も同じものをいただきます」

毛利がお辞儀をして、部屋の奥に進んだ。壁に取り付けられたインターフォンを取り、岩切から命じられたままを伝えている。

「私の古い友人が、すぐ近くにあるラブホテルを所有しています。約百坪です。もう老朽化して、直すのも面倒だと。ラブホ業はやらずに、新しいビルに建て替えるのなら、売却してもいいと言っています。ただし、解体と建築も私たちの仲間の建設業者に任せるというのが、条件です」

岩切がルーレット台に並んだ丸椅子に腰をかけて言った。隣の席を勧められた。

芽衣子は頷き、腰を下ろした。対面ではないので、岩切の顔の表情や目の奥を覗くことはできない。

「ずいぶんいきなりですね」

「私たちは、いつでも駆け足で仕事をしています。友人たちも皆同じですよ。そういう者同士だけで、ビジネスをしています」

即断即決の取引しか受け付けないということだ。

「岩切さんも、不動産業で？」

芽衣子は訊いた。

ちょうど扉が開いた。タキシードにブラックタイを締めたディーラーらしい背の高い男と、シルバーのトレイにグラスとサンミゲールのボトル二本を載せた先ほどの黒スーツの男がやってきた。

黒スーツの男が岩切と芽衣子の横に、それぞれ背の高いサイドテーブルを置き、ボトルとグラスを置いた。グラスにサンミゲールを注ぐ音だけが響いた。黒スーツの男の手は震えていた。時折、ボトルのネックとグラスの縁が当たる音が鳴る。

岩切から、とてつもない威圧感が発せられているせいだ。芽衣子ですら息苦しさを感じた。

黒スーツの男は注ぎ終えると、すぐに引き下がった。代わりに毛利が岩切の背後に立った。ディーラーが、ルーレット盤の背後に立つ。銀玉を三個、取りだし、岩切に見せている。岩切は真ん中の玉を指さした。

「私は、芸能プロをやっている。まずは乾杯だ」

岩切が、グラスを掲げてきた。

「このご縁を大切にいたしたく思います」

芽衣子もグラスを掲げ、会釈した。

「どうしますか？　段取りをとりましょうか」

断れば、おそらく二度と接触してこないであろう。

「価格は」

「売却額が二十億……」

坪単価が五百万ほど高い印象だ。

「……プラス解体に一億でどうでしょう。建てる際にはまた相談です。ただし一年以内に着工するという停止条件付です」

強気すぎる提案だ。

芽衣子は考えるふりをした。

「手に入れようにも入らないものをお願いするのですから、それでお受けするしかないですね。了解です」

「いい買い物になると思います。どこに張りますか？」

岩切が緑色のテーブルを指さした。すぐさま毛利が、岩切と芽衣子の前にチップを置いた。

「これは一枚おいくら？」

毛利を見上げながら聞いた。

「ゲームですから、申し上げられません。この国では賭博は禁止されています」

毛利が答えた。

岩切が、微かに笑った。

「負けたら、どこへでも売り飛ばしてくださいな」

ディーラーが盤を回転させる。

芽衣子は、十番と二十七番に二枚ずつ置いた。

岩切は、五枚、十枚単位で、五か所ぐらいにばらまいた。

玉を放り投げた。

「ノーモアベット」

ディーラーがコールベルを鳴らし、盤に目をやる。

回転が弱まり、玉が何度か、跳ねた。

「二十七番！」

ディーラーがウインマーカーを二十七番の上に刺した。

「二枚でよかった」

芽衣子には七十二枚のチップが戻され二枚が取られた。岩切が置いたチップはすべて、ディーラーに回収される。

「七千万、値引きするように、友人に伝えておきましょう。解体は三千万でよい」

チップ一枚百万円。

「今夜は、一発勝負だけとしておきましょう。こういう物は何度もやるものではありません。私は、隣で、別な客と打ち合わせをしなければなりません。どうぞ、毛利君と、歌舞伎町のナイトライフを楽しんでください。取引の段取りは、すべて毛利君を通じて連絡します」

岩切は腰を上げた。すぐに毛利が扉の前に進み、重い扉を開けた。岩切が出ていった。

芽衣子は一度深呼吸をしてから聞いた。

「あの人がやっている芸能プロというのは？」

「ダイナマイトプロです。ＡＶプロとかではありません」

「ダイナマイトプロの岩切隆久（たかひさ）……」

その名前は素人でもよく耳にする。

老舗芸能プロの社長にして芸能界の首領（ドン）。毎年暮れに開催される日本音楽大賞は、岩切隆久の手で決められると言われている。

「いい方ですよ。面倒見もいい。社長から、小遣いもいただいています。どこか遊びに行きましょう」

「案内は任せるわ」

「では、最近また流行し始めたナイトクラブへ案内します」

「ナイトクラブ……」

「キャバクラの原型にして、発展形でもあります」

「なるほど」

毛利に任せることにした。いまのうちに引きだしたい情報がまだまだある。

再び駐車場に降り、ラブホテルまがいのオフィスビルを後にした。周辺のラブホのいずれも最上階から、刺すような視線を感じた。

なるほど、ラブホ街の一角が三央連合の拠点ということだ。中心の要塞をさらに守る形で、四方に監視所があるわけだ。堅牢な城をかまえているということだ。

花道通りを渡り、黒闇の二丁目から、光の運河のような一丁目に戻った。

4

ゴジラビルのすぐ近くにあるナイトクラブ『マラカニアン』に入った。昭和から存在するキャバレーを改装した店だそうだ。当時の店名は『ゴールデン・エンパイア』。いかにもだ。

正面に半円形にせりだした巨大なステージがあり、ビッグバンドが演奏していた。グレン・ミラーの『ムーンライト・セレナーデ』だ。適度な音量で心地よい。

ステージを囲む形で、ボックス席が並んでおり、客はホステスと和(なご)やかに語りあっていた。キャバクラの喧騒はなく、全体に落ち着いた雰囲気だ。

毛利にエスコートされて、二階に上がった。二階はすべてバルコニー席で、ここからもステージを見下ろせる仕組みだ。

芽衣子は、寝る前によく見る古い日活アクション映画を思い浮かべた。

夜中にCS放送でよくやっているのだが、芽衣子は案外この頃の映画が好きだった。映画ではたいがい話の中盤で、グランドキャバレーが出てきて、踊り子がセクシーなショーを見せてくれる。そこに石原裕次郎（いしはらゆうじろう）、小林旭（こばやしあきら）、宍戸錠（ししどじょう）らが飛び込んできて大暴れするのだ。グランドキャバレーの支配人は悪人が多く、踊り子は主役に恋をする。そんな設定が多い。

そう、支配人はほぼ悪役なのだ。

「さっきのラブホにも驚いたけれど、これも昭和をフルリノベーションしたような店ね」

二階のバルコニー席に腰を下ろし、毛利にそう伝えた。

「まさにその通りです。四十年前には、漫談師が司会をして演歌歌手のショーがあったようですが、いまはフィリピン人の歌手のショーとダンスが売り物になっています。原型はそのままで、いまにアジャストさせる。それが、歌舞伎町的な考え方です」

毛利が経営コンサルタントのように解説してくれた。

「あなた、水商売評論家になれるわ」

階下を見下ろすとほとんど満席だった。

さぞかし昭和を懐かしむ団塊世代の客が多いのでは、と思ったが客層のほとんどは二十代、三十代だった。そしてホステスは外国人が多い。店名からしてフィリピン人であろう。

英語の会話があちこちから聞こえてきた。

「こういう店って、銀座や六本木でやっても流行らないと思うんです」

「たしかに、銀座にはこの手の店は似合わないわね」

「銀座はロンドンで六本木はニューヨークなんです。そこにいくと歌舞伎町はいかにもアジア的です。この雰囲気は、中国人にも韓国人にも受けます」

「なるほどね」

「経営しているのは、若手？」

「三央連合の幹部のひとりですよ。だけど実質的なオーナーは岩切さん。元の持ち主と話をつけてビルごと買い取らせてくれた」

毛利はステージを見下ろしながら、淡々と言う。あえて内情を知らせているという感じでもある。

「岩切社長は、歌舞伎町と縁が深いんですね」

　芽衣子もステージを眺めたまま聞いた。フィリピン人の女性シンガーがステージ上手(かみて)から登場してきた。ホイットニー・ヒューストンのナンバーのイントロが奏でられた。さすがにヌードショーはないようだ。

「岩切社長は昭和の中ごろに、歌舞伎町や横浜のキャバレーに歌手やダンサーを送り込む仕事をしていたんですよ。タレントを育てる芸能プロを作る前の話らしいです」

　興行師だったわけだ。

「岩切社長はおいくつ？」

　ふと気になったので毛利に確認した。

「三月に八十歳になられたはずです。とてもそう見えないですけどね」

　八十歳。一九四〇年生まれということだ。一九七〇年代に三十代を過ごしたことになる。

　芽衣子はふと気になることがあり、毛利に告げた。

「ちょっと、お手洗いに行ってくる」

「了解です。女性用は、ホステスに案内させましょう」

　毛利が手を挙げて、指を鳴らした。パチンといい音がした。スタイルのいい女が駆け寄ってくる。案内を頼んだ。

「マリアです。女性用トイレは、私たちと同じになるんです。こちらです」

「ごめんね」

二階通路の端に黒の厚手のカーテンがあり、その向こうがバックヤードだ。

「私、ここで待っている。入って右側にトイレあります」

マリアが緞帳のようなカーテンを開けてくれた。

中に入る。剝きだしのコンクリートの狭い通路だった。天井から裸電球が吊るされている。裏側は昭和のままらしい。

トイレに入った。数人のフィリピーナが、洗面所の前で煙草を喫っていた。芽衣子を認めると、「お客さーん、ゴメンナサイネー」と言って床に煙草を捨てハイヒールでもみ消した。

「問題ないよ。私も喫うから」

「それ、ベリーグー」

フィリピーナが親指を立てる。芽衣子も笑顔を浮かべて個室に入った。

スカートは捲らずそのまま便座の上に座り、スマホを取りだした。萩原のメアドを開く。先ほど『エドシャトー』の駐車場で見かけた黒のセダン車の車番を、打ち込んだ。所有者照会を頼む。

五分はかかる。芽衣子はそのまま個室で待った。扉の向こうからフィリピーナたちの声がした。英語だ。

「アニータ、今夜は、終わったら、どうする？」

「都庁の増田さんとアフター。オリンピックがキャンセルになった場合の対応を聞くよ。ロザンナは？」

しわがれた声が答えている。

「真人さんに呼ばれている」

ロザンナと呼ばれたもうひとりが答えた。真人、やはり西尾真人は帰国しているようだ。

「受け取りの仕事？」

「そう、私、マニラパシフィック銀行の日本支店の役をやるよ」

英語で早口で言っているが、芽衣子には理解できた。これは特殊詐欺の海外バージョンの出し子をやるという意味だ。

やり方は簡単だ。

マニラにいるスタッフが、渡航中の日本人に現地の女を仕掛けて、寝ている間にパスポートやスマホから本人の個人情報を盗み取る。

本人がまだ寝ている間に、実家にオレオレ詐欺を仕掛けるのだ。海外から、しかも本人のスマホからの電話に、親は驚く。

【マニラに仕事で来ているが、トラブルに巻き込まれた】

そういう設定だ。後は日本でやるシナリオと同じだ。

【カネで解決するしかないから、今からいくフィリピンの銀行の人に手渡してくれ】

ここで日本で働くフィリピーナに出番が回ってくるわけだ。いまはミニスカートで男にしなだれているホステスも、黒のアルマーニのパンツスーツを着て、髪を束ね、黒縁眼鏡でもかければ、立派なキャリアウーマンになる。

数年前からすでに蔓延している手口だ。

やはり西尾はマニラで、特殊詐欺グループを率いているようだ。

捜査二課に教えてやりたいような事案だが、控えることにする。それよりも三央連合とテロリストの関連性を探ることだ。萩原から返信があった。

【一台は参議院専用のハイヤー。今夜の使用申請をしているのは、三浦瞬子事務所の秘書だ。後の二台は、ダイナマイトプロの所有】

岩切の他にもうひとり、誰か専用車に乗るような人物が来ていたということだ。

「メアリー、早いね。もう上がりか？」

もうひとり来たようだ。ロザンナが聞いている。

「ソータ・ワカバヤシがまた私を指名したよ。だから、今夜、もう上がり。カジノにいくよ」

これはメアリーの声だ。三人の女の中で、一番、キュートなトーンだった。

「あら、楽でいいわね」

今度は、しわがれ声。アニータの声だ。

ソータ・ワカバヤシ？　気が付くのに五秒かかった。

若林颯太（わかばやしそうた）。元アイドル歌手だが、最近は俳優として活躍している。昨年は映画『国家再建』で、首相に食って掛かる若手政治家の役を熱演し、日本映画フェスティバル最優秀助演男優賞を受賞している。

ダイナマイトプロだ。芽衣子の背筋が伸びた。

元女優の参議院議員三浦瞬子と政治家役で当たった若林颯太。そこに、芸能界の首領、岩切隆久がいる。

政界と芸能界。その言葉で思いだす大物議員がいた。女性だ。

芽衣子は、急ぎ、スマホをタップし、参議院議長東山美恵子を検索した。

議員になって五十年近い。芸能界時代の経歴はあまり詳しく記されていない。当時の所属は大東映画俳優部とあるが、現在はすでに存在しない映画会社だ。時代劇の子役からスタートし、政界入りする直前はワイドショーの司会を務めていた。一時期歌手として活動していた時期もあったが、レコードはほとんど売れていない。

年齢は七十八歳。政界に転向したのは一九七四年とある。

岩切隆久の二歳下。芸能界時代から、接点があったとしても不思議ではない。

参議院議長の東山と芸能界の首領。面白い組み合わせだ。

萩原に、その疑問をメールする。芽衣子は水洗の音を鳴らした。フィリピーナたちの会話がピタリと止んだ。カーテンの向こう側で、マリアがおしぼりを持って待機していた。

「あら、ありがとう」

ステージでは、フィリピン人シンガーが熱唱していた。セリーヌ・ディオンの代表曲。映画『タイタニック』のテーマだ。

豪華クルーズ船の人気の復活を望みたい。

「ビルのオーナーとのアポが取れましたよ」

席に戻ると、毛利が弄(いじ)っていたスマホをすぐに閉じて、笑顔を浮かべた。段取りの詳細を聞くことにした。

第四章　スーパーエクスタシー

1

「大臣、横浜より先に宮崎を開業される根拠は、どこにあるのですか」

ドスの利いた低い声で言い、三浦瞬子は脚を組み替えた。

組み替える瞬間、真っ赤なスカートスーツの裾から、太腿を包むガータベルトが覗く。ストッキングは黒だ。男性の議員や官僚ならば、簡単に悩殺されてしまうだろう。

「先行開業の件など、まだ何も決まっていませんよ」

「大臣が、わざわざ宮崎に足を運んで、手を挙げるように促（うなが）したそうじゃないですか」

三浦が前のめりになって言う。噎せ返るような、麝香系の香水が及川の鼻孔を突いた。

「促しました。ただしその気はないかと、聞きに行っただけです。私はＩＲ担当大臣として、単純に手を挙げる都市を待っているわけではありません。こちらから打診することもあります。それでも市長や市議団に促したものではありませんよ」

自分は宮崎に行ったのは非公式ではない。堂々と予定を組んで行っている。

ひょっとして、こうして波風が立つことを計算して、菅沼は自分を宮崎に行かせたのではないか？

「モナコの運営会社を勧めたと聞いていますが、ＩＲ大臣が特定の国の運営会社に対して便宜を図っているということですか」

三浦の声に怒気が混じった。女優時代に演じた女極道の役そのものだ。

「それは、三浦先生の勘違いです。私は、モンテカルロ市と宮崎市の姉妹都市構想について、ご意見を伺ったまでです。それも市長にではありません。地元経済界の有力者の方と市の職員の方に、その案はどうかと聞いたまでです」

事実だけを言う。

「それは、ＩＲ担当大臣の管轄ではないでしょう。総務省や観光庁の役割では？」

三浦が、再び大きく脚を組み替えた。股間がはっきり見えた。黒パンティとガータベルトで留められたストッキングの狭間にある生内腿が、やけに白くくっきりと見えて、いやらしい。

「統合リゾート事業は、巨大な観光開発でもあります。その担当大臣たる私が、観光全体に関する提案をして何がいけないのですか」

完全な抜け駆けであるということは、及川自身も承知していた。ただし、これも菅沼からの密命であった。

三浦は、憤然とした顔になった。

及川としては、とにかくのらりくらりと躱したい。たっぷりと時間をかけることだ。

「はっきり申し上げます。横浜を先行させていただきたい」

三浦がズバリ切りだしてきた。

「建設予定地の地上げすら解決できていないようですが?」

及川は返した。

「その件については、東山先生が解決の糸口を見つけています」

やはり、出来レースだ。地元の顔役である鶴巻哲三に騒がせておいて、他の政治家が手を突っ込んでくるのを阻止していたに過ぎないのだ。

「あれだけ、カジノはギャンブル依存症の人間をつくる元凶だとおっしゃって、倉庫業者の立てこもりまで匂わせていた鶴巻さんが、折れる理由ってなにかしら?」

その抗議手段そのものが、極道だ。

「いまは申し上げられません。ただ東山先生は、鶴巻会長を必ず説き伏せます」

三浦は自信ありげだ。

「まぁ、心強い」

及川は顔を綻ばせてみせた。

「土地の問題は、今月中にクリアになりますよ。六月に一気に詰めませんか」

三浦が押してきた。

「七月の都知事選の前に横浜は決定したいということですね」

及川は、窓の景色に視線を向けながら、微笑んで見せる。女狐同士の化かしあいのようなものだ。

「はい。小森京子知事は、台場カジノ構想実現を公約にかかげるのでは?」

窺うような目つきだ。

「まったく聞いておりません」

都知事は、公約に入れるかどうか、いまなお思案中のはずだ。

ただし、勝ちはすでに見える。

先代の都知事がカジノ反対派だったために出遅れた東京だが、小森はカジノ推進派である。それを見越して、ラスベガスの運営会社はすでに台場にオフィスを構え、徹底したシミュレーションを開始している。

再選された都知事は本格的に動いてくるはずだ。候補地台場も、まだ開発しきれていない地帯であり、都民の理解も得やすいという事情もある。

横浜の顔でもある山下公園に隣接する埠頭とはいささか環境が異なる。

そしてもっとも重要なことは、東京にＩＲが決定すれば、同じ関東地方の横浜は不要という声も出る。少なくとも、他に手を挙げている大阪、愛知(あいち)、和歌山(わかやま)、長崎などの検討の方が優先されることになるだろう。

横浜の焦(あせ)りはそこにある。

「東京は、ＩＲなどなくても充分経済の中心地ではないですか？」

「それは、都知事が考える問題です。少なからず、手を挙げているわけですから」

「横浜の方が先です！」

三浦がヒステリックに叫んだ。

「三浦先生。かねがね政府は正式決定は二〇二二年だと申しています。法案は通りましたが、より慎重に推移を見守りたいというのが、現内閣の考えです。候補地をどこか先に決定することはありません」

公式見解を繰り返す。

「その間に、また新たに立候補する都市が出たら、それも検討対象になるわけですよね」

「当然です」

「後出しの都市ほど、得をしませんか？」

「どちらとも言えないでしょう」

会話は平行しつづけた。これが自分の役目だと、及川は言い聞かせた。総理の石坂はことこの件については自分の手を汚したくない。

二〇二二年に決定を出すことにしたのは、そのためだ。いまさらだが、考えれば誰でもわかることだ。

盟友に禅譲するにしろ、ライバルに奪われるにしろ、ＩＲの決定過程に関しては、様々な曰(いわ)くが付くことは目に見えている。

及川は、胸底で笑った。

初代ＩＲ担当大臣の任務は、何もしないことだ。ただひたすら情報を自分の手元に集約させる。それを菅沼に伝えるだけでいい。

仕掛けを作るのは、菅沼の仕事だ。

「大臣、ひとついいですか？」

三浦が、一段とドスを利かせた声を出した。

「はい。どうぞ」

「私、次の総選挙、先生の選挙区熱海市から出ようかと思っているんです」

三浦の双眸が光った。喧嘩上等の芸能界育ち丸出しだ。及川としてもいきなり頬を張られた思いだ。

「その場合、神奈川の参議院の方はどうなるのでしょう？」

精一杯平静を装ったが、少し早口になってしまった。致し方ない。

「東山派の地盤として、私以上に知名度のある候補者を、用意いたしております」

三浦が不敵な笑いを見せる。

「それは、厳しい公認争いになりそうね。でも私は譲りませんよ。生まれも育ちも熱海ですから」

及川はきっぱりと言った。

「いえ、民自党の公認候補は、及川大臣でいいんですよ。私、無所属で立ちますから。東山先生も、党にはごり押しはできないので、公認要請は控えると。それとご自分が応援するのも控えると言っておりました。それでも私かまわないんです」

抜群の知名度を誇る三浦のことだ。公認を得られず、派閥の応援がなくても勝てると踏んでいるのだろう。

「熱海にいらして、三浦先生は、どんな政策を行うつもりですか？」

探りを入れた。

「私、熱海にＩＲの誘致を図ります。その一点だけを争点とします。もともと関東と関西の中間地点ですよね。後出しで立候補するには、最適ではないでしょうか。芸能界にも熱海ファンは大勢います。応援弁士はそっちから来てもらいますから」

三浦の眼は完全に据わっている。

及川は眩暈（めまい）がしそうになった。本気でそこを争点にされたら、負ける可能性がある。熱海の闇社会は小躍りして三浦支持に回るだろう。

及川は、三浦の眼をじっと見た。しばらく沈黙が続いた。

「ねぇ、大臣、そういうことですから、私を横浜に置いておいた方がいいと思うんですよ。ＩＲ、頼みますね。これ陳情です」

三浦の表情が穏やかなものに変わる。さすがは女優。表情を自由にコントロールできるようだ。

「なにもお答えできません。ですが、お話しいただいた件は、総理や関係閣僚にも、報告いたします」

ここは、それで切り上げるしかなかった。

「決定の前倒しなどを、閣議で論議していただければと思います」

及川はそれには答えず、窓の景色を眺めた。今日も曇りだ。三浦は立ち上がった。一礼して扉に向かったが、秘書官が取っ手に手をかける前に振り向いた。

「私が横浜に残っても、いつでも、熱海に刺客をぶつける用意はできていますから。東山派をいつまでも弱小派閥だと思わない方がいいわ。選挙権が十八歳まで引き下げられたことで、候補者の選択肢が一番広がったのは、東山派だと思っていますから」

確かにアイドルが選挙に出てきたら十代の票が一気に投じられるだろう。

「そうかもしれませんね。でも民自党として勝利につながることなら、喜ぶべきことだと思います」

突き放すように言ってやる。

「余裕の発言ですね。わかりました。また伺います」

三浦が出ていった。

及川は、スマホを取り上げた。電話する。

「長官、お加減の方はいかがでしょう？」

「職務遂行にはまったく支障はない」

菅沼の声はいつもと変わらない。脳内に能面のような顔が浮かんだ。

「お耳に入れておきたいことがあるのですが」

「三浦瞬子が、熱海に手を突っ込むとでも言ってきたのかね？」

「長官、ご存じで」

「私も、東山の婆さんから、そんなことをちらつかされたので、無所属で立候補する人を、止めるわけにはいかないと伝えておいたよ」

「それでは、私が困ります」

「いや、あんたも熱海にＩＲを呼ぶと言えばいい」

「えっ？」

「政府はまだどことも決めていないんだ。熱海が手を挙げてもいいだろう」

「いやいや……」

「あんたが、熱海を東洋のモナコにすると言えば、ＩＲのイメージは俄然変わる」

「宮崎はどうなるのですか？　いまさら置き去りにできませんよ」

「宮崎もモナコ化でいいじゃないか。三姉妹都市構想だよ。熱海—モナコ—宮崎。国民のＩＲに対するイメージが変わる」

菅沼の意図はやはり明確だ。

「なによりも、イメージアップが大切だと」

及川は念を押した。

「そういうことだ。爆破テロや私への暴漢事件で国民のカジノに対する負のイメージはますます強まったことだろう。マフィアや極道映画そのものじゃないかと、ね。それを払拭せずに開業を急ぐと痛い目に遭う」

「確かに、事件のせいで嫌悪感は強まりましたね」

「まさにその通りだ。だからあなたには、急いで宮崎に行ってもらった。マカオやラスベガス、ウォーカーヒルとは違う健全で気品あるイメージの創成が最重要課題だ」

「承知しました。引き続き職務に勤しみます」

電話を切った。ベクトルの再確認ができた。

「ねぇ、菅原長官を襲った犯人の背後関係は、はっきりしたのかしら」

秘書官に聞いた。

「新興左翼集団のメンバーと自称していますが、その集団自体が不明です。警視庁は空港爆破テロと関連付けて暴力団との関係を探っていますが、男は完全黙秘のままです」

「不気味ね。私も暴漢に襲われる可能性があるわね」

「警視庁に警護員を増やせと要請しますか？」

「いや、妙に警戒しすぎない方がいいわ。それだけ危険なのかと、逆に負のイメージがつくだけだわ」

及川は女性ＳＰの谷口彩夏と杉崎美雪の顔を思い浮かべた。ふたりとも優秀だが、紗倉芽衣子が傍にいた頃の安らぎがないのは、なぜだろう。

ふとそんなことを想った。

2

「物件に案内します」

毛利が、先を歩いた。真昼の歌舞伎町二丁目だ。相変わらず人気はない。曇り空の下を少し後から歩いた。通りは湿った臭いがする。気候のせいなのか、土地柄のせいなのか。とにかく、歌舞伎町二丁目は湿った臭いがした。

毛利から連絡があったのは、一昨日だ。『エドシャトー』で岩切と出会って一週間が経っていた。

売主は河村龍郎（かわむらたつろう）。岩切と同い歳の八十歳だという。物件は昭和四十七年築のラブホテル『金瓶荘（きんぺいそう）』で土地は九十八坪。建坪は八十坪だ。法務局の登記簿にはそうあった。岩切に土地を二坪ごまかされていた。

先日、連れていかれた『エドシャトー』からさらに職安通り側に寄った通りに、和風旅館風のホテルがあった。二階家だ。

「ここです」

毛利が立ち止まり、扉を開ける。和風造りだが、入口には自動チェックイン用のタッチパネルが設置されていた。

「結構埋まっていますね」

十室のうち五室のランプが消えている。

「この時間は、しけこむカップルよりも、デリを呼ぶ客が多いですよ」

「へぇ」

そんなことは知っているとも答えられないので、受け流す。

毛利が、開いている中でもっとも値段の高い部屋にタッチした。キーが落ちてくる。

「ふたりきりではありません。すぐに、ここの所有者が来ます」

「だから、私、やってもいいんだけど」

芽衣子は両手を大きく広げて見せた。ビジネスということもあり、黒のスカートスーツでやってきている。黒革のトートバッグを担いでいた。

廓(くるわ)を思わせる赤絨毯の敷かれた階段を上がり二階の一番奥の部屋へと入った。

床の間付きの八畳間。中央に津軽塗の卓が据えられていた。脇息付きの座椅子が対面に置かれている。

「趣(おもむき)のある部屋ね」

下座の背中にある、襖(ふすま)を開けると、ダブルベッドサイズの布団が敷かれていた。桃色の掛布団が、なんとも淫靡(いんび)な雰囲気を醸し出していた。

「布団なら上げときましょうか」

毛利が覗きにきた。

「いや別にかまわないわよ。使うことはないでしょうけど」

「じゃぁ、閉めときましょう。気が散るだけです」

毛利が襖を閉めた。

芽衣子は床の間に向かって座った。下座だ。

「買主さんがお見えになっています」

扉の近くに胡坐（あぐら）を掻いた毛利が誰かに電話をした。すでに購買の意思は伝えてあるので、当然の言い方だった。

五分ほどで扉が開いた。

「お待たせしました。河村です」

細身の老人が入ってきた。頭頂部が禿げ上がり両耳の上に微（かす）かに白髪が残っている老人だった。紺色のスーツを着ているが、体に合っているとは言えない。服の方が大きめだ。後方からもうひとり男がやってくる。こちらは恰幅がいい。茶色のスーツでダレスバッグを提げていた。

「こちらは、司法書士の長谷川（はせがわ）さんです」

毛利が言う。

河村は床の間を背にした上座に腰を下ろしたが、挙措（きょそ）がいまひとつ頼りなげだ。

対して長谷川は堂々と、河村と芽衣子の間に座った。堂々としすぎている。

「お世話になります。星野です。名刺などはありません」

芽衣子は双方にお辞儀をした。

長谷川は名刺を差しだしてきた。司法書士事務所の名前が入っている。つまり雇われ司法書士だ。

芽衣子は、失礼と言って、名刺をスマホで撮った。

「私の事務所で確認を取りますので」

そう言ってメールを送る。相手は萩原だ。スマホをトートバッグに仕舞う。

その間に、毛利が三人に湯呑に入った茶を配った。水商売に徹しているようだ。

「星野さん身分証明書はお持ちで」

長谷川がダレスバッグから書類を取りだしながら言う。

「運転免許証です」

差しだすと、長谷川が、お預かりします、と言って受け取った。免許証番号を控えている。茶を飲んだ。ほうじ茶だった。

「本日、印鑑証明書と実印はお持ちで？」

「もちろんです」

芽衣子は、トートバッグを指さした。

「これが譲渡契約書です」

司法書士が書類を芽衣子の目の前に置いた。ざっと眺めた。土地、建物登記情報証、河村龍郎の印鑑証明書も添えられている。

譲渡契約書には、すでに河村のサインと押印があった。

この間、河村は一言も喋らない。

芽衣子は、書類を検（あらた）めると、河村に目を向けた。書類の文言に問題はない。

「ここは河村さんがおいくつの時に建てられたんですか？」

「さあて、三十を超えたときぐらいですか」

そう答えたが、河村の眼は泳いでいた。顔をすぐに長谷川の方へと向けた。

「お隣の『カンタベリーハウス』と同じ頃ですね」

リトマス試験紙を入れてみる。隣のホテルが建ったのは十年も後のことだ。

「はい、ほとんど同時期だったと」

あやふやな言い回しだ。こんな時、普通は「あちらが先」とか「うちの方が一年早くできた」とか言うものだ。

なりすましくさい。

「そうですよね。父が大学時代、ここらへんをよく歩いたと言っていました」

「すみません。私はこの後すぐに登記所に行きますので、急ぎます。すべての書類に河村さんの印鑑があるのですから、速攻入金の指示をしてくれませんか」

長谷川が急き立ててくる。

これは、間違いなく、なりすましによる地面詐欺だ。

本当の河村龍郎は別にいる。この部屋は普通に借りているだけなのだ。芸能プロの岩切はあくまでも紹介しただけの人物だ。事件化されても「記憶にない」で済む。

芽衣子は、ゆっくりと毛利の顔を見た。たいした水先案内人だ。

そう思うと同時に、六本木で出会ったキャバクラ『オーシャンプリンセス』のマネジャー村山仙一の顔を思い浮かべた。毛利の店を教えてくれた人物だ。

あの、おっさん――そういうことか。

「岩切社長の友人は、別な方では？」

芽衣子は、スマホを取りだしながら聞いた。萩原から返事が入っている頃だ。

「何を言いだすんですか？」

長谷川が額の汗を拭いた。芽衣子はスマホをタップした。

「あなたは、本物の長谷川さんのようですね」

画面を見せる。大手司法書士事務所のＨＰから転載した長谷川昭（あきら）の顔写真が載っていた。同じ顔だ。

「当たり前だ」

「河村さんの本人確認は？」

「ここに、公証人役場で作った本人証明書とパスポートがある」

長谷川がダレスバッグから一枚の書類とパスポートを取りだした。これこそ地面師のやり口を裏付けるようなことだ。

自動車運転免許証と異なり、パスポートの偽造はたやすい。印刷屋と呼ばれる詐欺師専用の技術者がいれば、世界各国のパスポートが偽造できるのだ。実在の人物のデータがあれば簡単になりすますことができる。

このパスポートを持ち、弁護士、司法書士などの有資格者と共に公証人役場に出向くと、これもまた簡単に本人証明書が発行される。

芽衣子は笑った。少し唇（くちびる）が痺（しび）れるような感覚があった。

「あんた本当に買う気でここに来たのか？」

「もちろんですよ。送金手配もこの電話ひとつでできることになっているわ」

「口座番号はこれだ、すぐに手配しろよ」

「トラブルになるってわかってて、二十億も払わないわよ」

舌が縺れた。猛然と睡魔が襲ってくる。ほうじ茶に盛られたようだ。

「長谷川さん、何ドジ踏んでいるんですか！　片道の二十億溶けちまったじゃないですか」

毛利が吠えた。ついに本性を現したようだ。

「いや、そっちが、こんな爺さんを連れてくるからだ。もっと覚えのいいキャストじゃなきゃ、使えねぇだろう」

長谷川が言い訳している。確かに、この爺さんが、立て板に水のごとく昔話をしてくれたら、すっかり本気にしていただろう。

萩原からは購入命令が出ていたのだ。歌舞伎町二丁目のど真ん中に警視庁公安部の土地ができるのだ。買いに決まっている。

「俺が一服盛っていなかったら、あぶねぇところだった。その実印や、印鑑証明は本物なんだろうな」

「間違いない、というか、運転免許証含めて、これだけの本物があれば、銀座のビルなんてすぐに叩き売れる。この女の持っているビルは、八十億はくだらない」

「なら、俺が、なりすましの女を見つけてくらぁ」

毛利が、芽衣子の背中の襖を開けた。

「おいっ、てめぇら仕事だ」

どうやら押し入れに人が隠れていたようだ。

男が返事をする声がした。ふたりだ。

「ここで、剝いて、撮影だ」

毛利の声と共に、両腕に手が伸びてきた。捕まえる。瞼が重くなり、身体を捩ることすら不可能だった。布団の敷かれた部屋へと運び込まれた。

3

「ううう」

股間に、太い棹が突っ込まれてきた。スキンヘッドの痩身の男が、芽衣子の上にのしかかっていた。全身に幾何学模様の刺青が入っている。

痩せてはいるが、筋肉は鍛え上げられている。ボディビルダーのように胸が割れていた。

「あっ、ひっ」

意識は朦朧(もうろう)としているが、身体の中心から快感の渦(うず)が上がってきているのだけは、確かだ。

芽衣子は、バンザイするように両手を掲げていた。もうひとりの男に、手首を鷲摑みにされ、持ち上げられているのだ。

蛇のような舌で乳首を舐めまわされながら、ストロークを見舞われていた。

「んんんんっ」

癪に障るほど上手い、腰の振り方だった。

「気持ちいいか？」

スキンヘッドの男が聞いてきた。ストロークに変化をつけながらだ。

芽衣子は首を振った。せめてもの抵抗だ。

「気持ちいいって言えよ」

スキンヘッドの男の言葉と共に、カメラが顔の前に降りてきた。撮影しているのは毛利だ。

その背後で、さっきの爺さんが照明を当てている。長谷川の姿は見当たらなかった。芽衣子のトートバッグを奪って、どこかに消えたのだろう。

星野由里子の偽造パスポートや運転免許証が量産されることだろう。

「気持ちいいって言えよ」

スキンヘッドがさらに腰に捻りを加えた。

「くうぅうう」

あっけなく背中を反らされる。男たちは、いずれもAV男優であろう。ED治療薬を服用しているはずである。

これから果てしなく突きまくられる。

「気持ちいいわ」

芽衣子は腰を打ち返した。顔を少しあげて、男の乳首を吸った。抵抗するよりも疲労度が少なくて済む。こちらが応じる態度をとったので、持ち上げられていた両手が離された。楽になった。芽衣子はスキンヘッドの男の背中に腕を絡めた。

いまさら反撃したところで、埒があかない。

「もう一回言え」

スキンヘッドの男が、腰を跳ね上げて、スパーンと打ち込んできた。尻の裏まで痺れるような快感につつまれる。

「見てって言えよ」

またまたカメラのレンズが顔に近づいてくる。

「あぁあん。見て！」

芽衣子は言った。抵抗しても、延々、言うまで繰り返されるだけだ。

「よし！　あとは女の腰が抜けるまでやれよ。売れるぜ」

強姦の隠し撮りではないという証拠の言葉をもぎ取った毛利が、後ろに引き下がった。もちろん、カメラは向けられたままだ。

「了解」

スキンヘッド男が猛然と腰を振ってきた。もうひとりの男が男根を目の前に差しだしてくる。この男もボディビルダーのような筋肉をしていた。タトゥーはないが、褐色の肌だ。金色の短髪。目がぎらついていた。ＥＤ治療薬だけではなく覚醒剤（シャブ）も食っているようだ。

差しだされた男根は禍々（まがまが）しく硬直していた。サラミソーセージを見るようだ。

しゃぶる以外に手段はない。

芽衣子は、根元を押さえながら、亀頭に舌を這わせた。べろべろと舐めてやる。もちろん、脳内は怒りと恥辱に燃えているが、いまは少しでも、覚醒を早めなければならない。

汗を流すことだ。何度も絶頂して、くたくたになることだ。そしてぐっすり眠る。

それ以外に反撃の気力も体力も出てこない。

「あぁあん。いいっ、もっといっぱいちょうだい」

芽衣子はしゃぶりながら腰を振り返した。

汗みどろになりながら、三回続けて絶頂を迎えた。スキンヘッド男が噴射した。大量の精子を淫層の奥へぶち上げ、荒い息を吐きながら、身体を離した。ゴングが鳴って、リングコーナーに下がるボクサーのようだ。

すぐさま、男がチェンジした。

褐色の肌の金髪男が、芽衣子の身体を裏返しにした。尻を持ち上げられる。濡れそぼった花の上に亀頭を押し付けられた。馴染ませるように、亀頭を滑らせている。頭蓋の中枢で燃えている怒りとは裏腹に、女陰は期待に燃えて、涎をたらしまくっていた。

「あぁあん」

いきなりサラミソーセージをぶち込まれた。よく張りだした鰓が膣層の柔肉を抉りながら、突き進んでくる。

「はう！」

快感に、思い切り顎を上げさせられた。

スキンヘッドの男に比べてテクニックは落ちる。だが、この男、馬力があった。パンパンとピストンを繰り返されるうちに、たちまち新たな極点へと押し流された。

「あぁあ、昇く！」

「まだまだだ」

芽衣子は声を張り上げた。

貫かれたままバストを持ち上げられ、執拗に乳首を捏ねられた。どんどんきつく摘まみ上げてくる。

「いいっ、凄くいいっ」

額を枕に押し付け、なすがままにされた。やらせている間は、殺されはしない。反撃のチャンスをひたすら待つだけだ。

褐色の男が果てると、再びスキンヘッドの男が布団に上がってきた。リングにいるのは芽衣子だけで、ふたりの男は交代で、突きにやってくる。何ラウンドも繰り返され、芽衣子は伸びた。意識が飛んだ。

ぐっすり眠れる。これでいい。

4

マシンガンがさく裂したような音で意識が戻った。

芽衣子は重い瞼を開けた。

音は天井からだった。

見上げるとトタン屋根だ。どうやら、そこに激しい雨粒が叩きつけられているようだ。

野戦病院にあるような硬いベッドに寝かされていたようだ。凍死させるつもりはなかったようで、茶色のタオルケットが掛けられていた。

芽衣子は室内を見渡した。二十平方メートルほどの広さだ。床はコンクリート。壁はブロックを積み上げた粗末なものだった。雨で湿気が上がっているせいか、部屋全体がセメント臭かった。

窓はなかった。

タオルケットを捲った。当然だが、真っ裸のままだった。逃亡防止のため、拉致した女を全裸にするのは、極道の常とう手段だ。

芽衣子はタオルケットをガウン代わりに羽織り、ベッドを降りた。

「うっ」

身体のあちこちに痛みが走り、思わず顔を顰めた。

さほど無理な体位を取らされたとは思わないが、やはり、やっていなかったぶん、使っていなかった筋肉がいくつかあったのだろう。

スクワットでいくら鍛えても、鍛えきれない筋もある。また、脳内に快楽アドレナリンが充満しているために、可動域を超えているのに、気づかない場合もある。股を広げられすぎたようだ。腰も極端に丸められたようだ。それも一瞬ではなく、かなりの時間、同じ体勢で抜き差しされていたので、いまになって筋肉痛を起こしているのだ。

肘や膝も擦り剝けていた。セックス中に踏ん張りすぎたための床擦れのようだ。

「ちっ」

無理やり貫かれた思いがよみがえり、沸々と怒りが湧いてきた。

白いペンキがかなり剝げかかった木製の扉の前に進んだ。ゆっくりノブを回してみる。当然だがロックされていた。

扉に耳を付けた。

テレビの音が聞こえてきた。

女性司会者の声がする。聞き覚えのある声だ。元バドミントン選手だった司会者だ。おおよその時間の見当がついた。これは夕方のワイドショーだ。

溌溂(はつらつ)とした声の女性司会者が、二月下旬に発生した新型ウイルスによる経済的打撃の状況を識者に聞いていた。

そこに男の声が重なった。

「松本(まつもと)、女のパスポートは何時になる？」

毛利の声だった。

「バーカ、それじゃ遅せぇよ。女は、今夜のうちに横浜に流してしまいてぇ」

横浜？　流す？

何となく想像がついた。どこか海外に売り飛ばす気だ。そして、この国には、あらたな星野由里子が現れる。

「おぉ、二時間以内に持ってこいや」

二時間後が勝負になりそうだ。

芽衣子は、ベッドに戻った。今しばらく眠って、頭をすっきりさせたい。昂る気持ちを抑えるために肉芽に指を走らせた。摘まんで、揉んで、一気に昇った。眠れる。

　二時間以上経ったと思う。

　芽衣子はふたたび目を覚ました。

　扉の向こうで話し声が聞こえた。ベッドから降り、タオルケットを被ったまま扉に近寄った。耳を澄ます。

「先輩、お待たせしました。しかし、驚きですね。このアジトをもう一度使うなんて」

　先ほど松本と呼ばれていた男がやってきたようだ。

「一度ガサ入れされた場所はむしろ盲点ってもんよ。警察が踏み込んだ時は、ただの廃屋。一度踏みこまれた場所を、また俺たちが使うなんて、思ってもいないよ。ましてやここのオーナーは、来月には取り壊すって言っているんだ。隠し場所としては、いまはここが一番使える」

　灯台下暗し（とうだいもとくら）とはこのことだ。

「やっぱ、毛利さん、頭いいっすね。売り飛ばす女のパスポート、持ってきました」

「おう、フィリピン人のパスポートだな。これでいい」

「あの女、フィリピン人には見えませんが、大丈夫ですか？」

松本が言っている。芽衣子のことらしい。確かに特殊メイクでも自分の顔は、フィリピン系には見えない。

「マニラには、日系フィリピン人や中国系フィリピン人が大勢いるそうだ。西尾クンが言っているんだから間違いないよ」

毛利が陽気にこたえている。

「それは確かな情報ですね。西尾クン当面日本にいるんですか？」

上長でもクン付けで呼ぶところは、いかにも元半グレらしい。こいつらには極道という意識は皆無だ。

「いや、すぐに帰るそうだ。今回も、岩切さんと次の段取りを打ち合わせにきただけのようだ」

やはり西尾は帰国している。それも芸能界の首領と、直接打ち合わせをするためにやってきたようだ。

準暴力団指定の三央連合と芸能界。さらにその背後に政界の大物女議員の姿が見え隠れする。

カジノ利権。

すべてはそこに行き当たる。

三央連合は所詮、下請けとすれば、岩切と女議長は何を企んでいる。単純に横浜の利権か？

いやそれだけではないだろう。

もっと、大きな何かが隠されているようでならない。

「じゃあ、俺はビッグスクーターで帰りますので、ベンツは置いていきます。中で乃愛(のあ)が待機していますから」

「おう。明日の明け方にでも、歌舞伎町に顔出せや。フィリピン人でも日本人でも中国人でも好きな女、抱かせてやる」

「へい！」

男が出ていき、表扉を閉める音がした。鉄扉(てっぴ)のような音だ。

芽衣子は、ベッドの前に戻り、手足を大きく伸ばした。まだ各所に痛みは残っている。シャドーキックを試みる。

「くっ」

股間とその下の内腿の筋肉が痛いが、爪先は自分の顔の位置まで上がる。これだけ上がれば、毛利の顎も砕けるだろう。

後はチャンスを待つだけだ。ベッドに横になり、寝たふりをする。

五分後に、鈍い音を立てて扉が開いた。

毛利の声がする。

「起きろ！」

「なによ……これ、どういうこと？」

「いいから、起きるんだ。これを着ろ」

毛利が、黒のワンピースとカーディガンを放り投げてきた。

「下着（インナー）は？」

毛利の目の前で、真っ裸の上からワンピースを被った。

「そんなものはない。どうせすぐにまたやられるんだ」

「どこへ連れていく気よ」

横浜の件は、当然、知らぬふりをする。

「地獄だよ」

いきなり毛利に頬を張られた。よろける。脚を掛けられ、湿っぽいコンクリートの上に転がされた。女の狭間が丸見えになる。

ちっ。

跳ね起き、膝蹴りをくらわそうと思ったが耐えた。まだ反撃のタイミングではない。外にどれだけの仲間が待っているか知れないのだ。

芽衣子は、股をさらしながら、ゆっくり立ち上がった。濡れてはいなかった。カーディガンを羽織り、スニーカーを履いたところで、手錠を掛けられた。ＳＭプレイに使うような手錠だが、手首はがっちり押さえられた。扉の外へと連れだされる。

かつて自動車修理工場だった面影（おもかげ）が残っている部屋だった。広さは百平方メートルほどか。

中央に車輌を持ち上げるための巨大なジャッキが据えられており、真上の天井からは二本のチェーンが降ろされていた。油臭い。床には、溶接道具が無造作に転がっていた。

先ほどのふたりの会話からして、ここは首都高速で爆破事件を起こしたバイクの二人組が逃げ込んだ工場に違いない。三鷹（みたか）あたりということだ。

ガサ入れの後に、廃屋だった工場に、いくつか重機や工具を持ち込んだようだ。改造車どころか装甲車も作れそうな設備が並んでいる。

車の修理とは無関係に思えるチェーンソーや大型ハンマー、マサカリなどもある。

修理ではなく破壊道具ばかりだ。

毛利が壁際の黒い大型金庫のノブを引いた。昭和の金貸しが神棚の下に置いていたような金庫だ。重い扉が開いた。

芽衣子は目を瞠った。

金庫にはダイナマイト、手榴弾、拳銃が整然と並べられていた。ダイナマイトは、導火線付きの二号マイト。拳銃は銀色のメッキを施したトカレフ。通称、銀ダラと呼ばれる模造銃だ。往年の極道から奪った戦利品に違いない。

「ずいぶん、レトロな趣味なのね」

毛利は答えず、手榴弾二個とダイナマイト三個をリュックに放り込んだ。ファスナーを閉め終えると、トカレフの銃口を向けてきた。

「先に出ろ」

命じられるままに、芽衣子は扉を開けた。

夜の帳が下りていた。微風だ。丈の短いワンピースの裾から、湿った空気が入り込んでくる。陰毛がそよぐのを感じた。

監禁されていた場所を目に焼き付けておこうと振り返った。古い日活映画に出てくるような朽ちた廃工場だった。

白地に黒で描かれた木製看板が傾いていた。『ハリウッドモータース』。名前だけは大きく出たものだ。

「早く、その車に乗れ」

毛利に背中を押された。

目の前にヘッドライトを灯した黒のメルセデスS600が駐車していた。エンジン音は低いが重厚感があった。

後部席のスモークガラスに映った自分の顔は、まだ星野由里子を保っていた。一安心だ。扉を開けて、シートに潜り込む。トカレフを構えた毛利が続いて真横に乗り込んできた。

運転席に女の姿があった。黒髪にショートカット。フロントガラスに映る顔は、眼光が鋭く芽衣子にとてもよく似ていた。歳も同じぐらいだ。

「乃愛、出してくれ」

「了解」

メルセデスが静かに通りに出た。すぐに甲州街道だとわかった。やはりここは三鷹だったようだ。

高井戸から環状八号線に入った。用賀方面だ。車載時計を眺めると、午後九時過ぎだった。その割には交通量は少ない。景気後退の波が、ひたひたと押し寄せてきている感じだ。

「乃愛、この女が、星野由里子だ。きちんと覚えておけ」

小田急線の高架下を、過ぎたあたりで毛利が唐突に言った。

「体のサイズもほとんど私と同じですね。化けれそうです」

乃愛がステアリングを握ったまま、ルームミラーを見上げた。確かに似た顔の持ち主だ。

「西尾クンと岩切さんの、ビッグビジネスだ。完璧になりすましてくれないと困る」

「成功したら、私も会社持てるんでしょう」

「当然だ。西尾クンがまずはＡＶプロをひとつ任せると言っていた。うまく発展させて、本格的な芸能プロにすればいい。岩切さんも新しい系列プロを欲しがっている」

「うまくやりますよ」

乃愛は速度を上げた。東名高速の入口を越えて、さらに目黒方面へと進む。目黒通りの手前を左折した。第三京浜だ。

玉川料金所を過ぎると、すぐに大粒の雨が降ってきた。

第三京浜に入ると、乃愛は一気に速度を上げた。雨に煙る第三京浜を黒のメルセデスは疾走した。

青葉インターを越えると、雨足はさらに強くなった。

「ねぇ、毛利さん、星野由里子のおっぱいとかアソコの情報も持っていた方がいいと思うんです」

いきなり乃愛がそんなことを言った。フロントガラスに映る顔が醜く歪んでいる。

「確かに」

毛利が下唇を下品に舐めながら、ワンピースの裾を捲ってきた。

「この女、陰毛はきちんと処理している」

「小判型ですか、縦一文字ですか？」

乃愛は、あえて芽衣子に屈辱を与えたいらしい。どS女の本能だ。腕を縛られている。芽衣子は唇を噛んだ。

「乳首は、大きいですか？」

乃愛の声が上擦った。たぶん妄想して濡れている。

「待て、確認する。たしかさほど大きくなかったはずだ」

毛利が、AV男優ふたりに犯させたときの記憶を手繰り寄せるような目をして、胸襟からも手を突っ込んできた。生乳を揉まれる。

芽衣子は銀ダラがシートの上に置かれたのを、盗み見た。

「だから、一回やっておけばよかったのに」

芽衣子は、バストを突き上げながら言った。屈辱の声など上げたら、乃愛の思うつぼだ。彼女は、芽衣子の恥ずかしがる様子を見たがっている。

「乳首は小さい。アズキ一粒ぐらいだ」

毛利が冷静に伝えた。正しい。芽衣子の乳首はさほど大きくはない。

「その乳首、摘まみ上げて！　アソコも指で掻きまわして、ひいひい言わせて」

乃愛がヒステリックに叫んだ。フロントガラスに映る眼が吊り上がっていた、しかも片手運転になっている。もう一方の手で、自分の股間を弄っているようだ。いたぶる指示を出して昂っている。

どSだが、初心者だ。

「そう、叫ぶな。どうせ船で輪姦されるんだ。下手に暴れないように、MDMAを持ってきている」

毛利が、バストから手を抜き、ポケットを弄った。芽衣子が手錠をされているので安心しているようだ。じきにセロハン紙に包まれたピンクの錠剤を取りだした。まずは毛利自身が口に入れる。

「それは、涎垂らして、腰振りまくるわ、あんっ」

運転席から、パンストが破れる音がした。続いて、水が跳ねるような音が聞こえてくる。

ＭＤＭＡを口に入れた毛利が、顔を近づけてきた。唇を吸われ、舌を差し込んでくる。やはりホストだけあって巧みだ。舌の上に載せてあったＭＤＭＡを芽衣子の舌の上に載せてくる。そのまま、唇を吸盤のようにして吸い立ててくる。

普通なら、これで飲まされる。

「はぅうう」

芽衣子は嚥下してみせた。喉が上下をするのを見て、毛利を唇を離した。毛利がじっと顔を覗き込んでくる。

芽衣子は目を細めた。媚びるような視線を返した。ここからは演技だ。車は三ツ沢から首都高速に入った。横浜公園方向に向かっている。乃愛は自慰したまま運転していた。車内に卑猥な音が響き、噎せ返るような発情臭が舞い上がってくる。

みなとみらいの観覧車が見えてきたところで、毛利が再びワンピースの裾を捲ってきた。

「おまえも熱くなってきたか？」

「……」

芽衣子は目で頷いた。

「乃愛、こっちも掻きまわすぞ」

毛利の人差し指が無遠慮に秘孔に入ってきた。充分潤っていた。これも女の本能だ。やむを得ない。MDMAを使うとか、使わないとか関係ない。アソコに指を挿入されたら、そりゃ、感じちゃう。

「あぁあん」

喘ぎ声が零(こぼ)れ落ちる。

「やって、どんどんやって。孔(あな)をめちゃめちゃ穿(うが)って！」

乃愛の声が一段と甲高くなった。

その声に挑発されたように、毛利が、指でピストンを始めた。

「あわわわ。うわっ、いいっ」

本当に気持ちよかった。これには困った。隙を見つけて反撃の機会を窺わねばならない。

メルセデスは、横浜公園出口で降り、大さん橋方向へと向かった。

「おいっ。いくなよ。やりたくて、やりたくて、しょうがないような状態の方が、引き渡しやすい」

毛利は冷静だった。芽衣子は、胸底でしめた、と叫んだ。これぞおあつらえ向きの状況だ。反撃のチャンスはすぐにやってくる。

「いや、いかせて！」

芽衣子は腰を打ち返した。自分からがくがくと振る。眩暈がしそうなほどの快感がこみあげてくる。

「乃愛、おまえなにやっている。早く埠頭につけろ！」

毛利が乃愛を叱責した。ここは勝負だ。

「は、はいっ」

乃愛が、股間から指を抜いた。湯気が上がっていそうな指をステアリングに絡ませ、大さん橋交差点を右折した。

山下公園通りだ。毛利の指ピストンに拍車がかかった。芽衣子は汗みどろになり始めた。身体中の淫らな血が暴れだす。それでも芽衣子は絶頂に進みたい気持ちを必死に堪えた。性欲というエネルギーを全身にため込むのだ。

メルセデスは山下ふ頭方面に曲がった。倉庫が立ち並んでいる。遠くにみなとみらいのきらめきが見えるが、この一帯だけは真っ暗闇だ。

ヘッドライトに照らされて、埠頭の突端にふたつの人影が見えた。ポンチョのような合羽を被っている。乃愛がブレーキングした。メルセデスが停車した。

合羽を着た、ふたつの影との距離は約百メートルだ。

「あぁあああ、昇きたいっ」

芽衣子は絶叫した。実際、性欲が頂点に達しようとしていた。太腿がぷるぷると痙攣し始めていた。

「ふんっ。昇かせてなんかやらねぇよ」

案の定、毛利は指を抜いた。寸止めだ。指先には白い葛湯のような粘液がたっぷり付着している。車を駐めた乃愛が、振り返り、刺すような視線を向けてきた。

「私、他人の途方に暮れた顔を見るのって好きなの」

舌なめずりしている。

「いまから、腰が抜けるほどやりまくられるんだから、溜まったままにしておけよ」

毛利が、にやけた顔をしながら、後ろ手にドアノブを取った。顔は芽衣子を向いたままだった。

「無理。もう爆発しちゃう」

手錠を嵌められたままの両手首を一気にかち上げた。溜まりにたまった欲求不満を爆発させた形だ。手錠の金具が、毛利の顎を打ち砕いた。

「うえっ」

毛利の顔が天井を向き、背中が崩れた。

芽衣子は、すかさず、座席に放置されていたままの銀ダラを奪った。手錠をされていても、手のひらと指は自由だ。銃口を毛利の腹部に向ける。

「あんた、何するのよ」

乃愛が拳を振ってきた。緩い。腰を浮かせ、顔面に頭突きをくらわしてやる。右目のすぐ下の頬骨を狙う。頭蓋の急所だ。

「うわっ」

一瞬にして、乃愛は気絶した。助手席に顔から落ちていく。

「手錠を外して」

毛利に銃口を向けたまま、そう命じた。

「三央連合からは、逃げきれんぞ」

毛利が、顎を撫でながら、ズボンのポケットから鍵を取りだした。

「睾丸(タマ)に弾丸(タマ)を撃ち込まれたくなかったら、急ぐことね」

芽衣子は、銃口を股間に向けた。

「わかった。短気を起こすな」

毛利は、取りだした鍵を手錠の鍵穴に差し込んだ。手が震えているのか、ガチガチと音が鳴っている。

手錠が外れ、両手が自由になった。銃口を向けたまま、リュックサックも奪った。

毛利が顔を顰めた。百メートルぐらい離れた位置から、黒い影がカンテラを振っている。急げという合図だろう。

「なら、星野由里子さんを、起こしてよ？」

そう命じる。

「なんだって？」

「乃愛ちゃん、星野由里子になる予定だったんでしょう。売人には、彼女を渡してよ」

「いやいや、パスポートの顔写真が違う」

毛利は胸ポケットから、パスポートを取りだした。ひったくる。星野由里子名義のパスポート。顔写真は、芽衣子のものだった。運転免許証の写真から新たなポジを起こして引き伸ばしたようだ。

「似てるわよ。もともと似ている子を探してきたんでしょう」

「それはそうだが……」

毛利は戸惑った顔をした。

「証明写真と実物は、普通でもニュアンスが違って見えるものよ。それに今は土砂降り。彼女が星野由里子で平気よ。早く連れていって。あなたも、言われた仕事を完遂したように見せかけておいた方がいいんじゃない」

「ちっ、足元を見やがって」

毛利が後部扉を開いた。

「自分だけ、逃げだそうとしたら、後ろから手榴弾（パイナップル）が飛ぶわよ。女を渡したら、必ず戻ってきて！」

言いながらリュックのファスナーを開け、手を突っ込む。手榴弾を取りだした。

「わかった、わかった」

身構えた毛利が、後部席を飛びだし、運転席側に回り、乃愛を引きずりだした。

雨に打たれ、乃愛が意識を取り戻した。

「えっ、これどういうこと？」

つかまれた腕を振りほどこうとしている。毛利は面倒くさそうに、乃愛の腹部に肘打ちをくれた。乃愛の身体が前に折れる。

「おい、この女だ。本船へ連れていけ」

毛利が腕を回すと、ふたつの影が駆け寄ってきた。ふたりの左右から乃愛の肩を抱きかかえた。

「いいな、生涯、日本に戻すな。使い切って、現地で殺せ」

毛利がそんなことを言っているのが聞こえた。もし逆転できていなかったら、引き渡されるのは自分だったのだ。あらためて、危機一髪（ききいっぱつ）だったのだと、芽衣子は身震いした。

ポンチョのような雨合羽を着たふたりが、親指を立てて、乃愛を引っ立てていった。芽衣子はその後ろ姿を眺めていた。毛利が小走りに戻ってきた。

「運転席に座って、ゆっくり車をバックさせて」

銃口を向けたまま命じた。

「あぁ、わかったよ」

毛利がメルセデスをバックさせる。

埠頭の突端まで進んだ三人が、漆黒の海に向かって跳びはねる様子が見えた。中央の乃愛だけが、空中で複雑な動きをした。三人の姿が消えた三秒後、岸壁の真下で待機していたらしい小型プレジャーボートがベイブリッジ方向に飛びだしていった。

「マニラ?」

「いや、沖にいるタンカーに乗せてドバイだ」

その先は聞かなくても想像がつく。中東のテロ組織に売られるのだろう。

「ねぇ、Uターンする前にキスして」

メルセデスが埠頭の入口まで下がったところで、そう言ってやる。毛利は怪訝な顔をしたものの、運手席から振り返りこちらに顔を向けてきた。

銀ダラの銃口を毛利のコメカミに突きつけて、芽衣子は唇を重ねた。舌を絡ませ、MDMAを送り返す。下臼歯の一本を文字通り臼にしていた。蓋のある臼だ。そこにMDMAを隠していたのだ。

「んんんっ」

毛利が目を大きく開いた。必死に接吻を解こうと顎を引いている。芽衣子は銃口を後頭部に回し、強く押した。涎をふんだんに送り込む。

「うっ」

鼻から息を吸い込むのと同時に、ＭＤＭＡを嚥下するのがわかった。唇を離してやる。

「なんで、ＭＤＭＡ（タマ）を」

毛利が肩で息をしながら言っている。

「あなたに質問をする権利はないわ。さぁ、新山下から高速に乗って、羽田方面へやってちょうだい」

いうなり芽衣子は、銃把（グリップ）で毛利の鼻梁を思い切り叩いてやる。

「うっ」

メルセデスが走りだした。六本木につく頃には、毛利の発情は最高潮に達しているだろう。百叩きにして、吐かせてやる。

第五章　野望クロスロード

1

「いまから、プレイルームを貸し切りにできないかしら」

六本木のバー『桃宵』。扉を開けるなり、芽衣子はそう告げた。気持ちはすでに女王モードに切り替わっている。

後ろ手に手錠を打たれた毛利が、おとなしく脇に立っていた。一時間前まで、芽衣子に打たれていた手錠だ。

その毛利のスーツの股間が大きく膨れていた。MDMA（タマ）が最高潮に効きだしているということだ。

「あんた誰？　うちはそもそも会員制なんだけど」

カウンターに片肘を突いていた桃子が、睨み返してきた。山口桃子、この店のオーナーママだ。真っ赤なボンデージスーツに黒の網タイツ姿がよく似合っている。紛（まご）うことなき六本木のナンバーワン女王だ。

だが、芽衣子を見ても、口をへの字に曲げている。この特殊メイクは、十年来の友人さえ、欺（あざむ）くことができるということだ。

「会員番号〇七〇一。預けてある鞭は、Dの六番から十番までの五本だけど。名前は言いたくないんだけど」

〇七〇一は元英国妃の生年月日から取った。女王の生年月日では婆臭すぎるので、五月のバラと呼ばれた元妃にしたのだ。

果たして桃子は、首を捻りながら、芽衣子の眼を凝視した。芽衣子は、何度か瞬きをした。

「サソリじゃん」

桃子が、親指を立てた。

六本木の女王同士がコラボの際に用いる通称「瞬きモールス」。アイコンタクトの発展形で、攻めの手順を客に知られないように交わすのだ。こいつが通じたようだ。

サソリは芽衣子の女王ネームだ。

「こいつの自供を取りたいのよ」

毛利の後頭部を小突いてやる。

「うち貸し切り料、高いわよ」

桃子が目を輝かせた。新型ウイルス騒ぎ以来、客足は鈍（にぶ）ったままだ。今夜も、まだ誰もいない様子だ。双方にとって都合がいい。

「言い値で、一週間、まるまる貸し切るわよ。監禁プレイなの。いいかな？」

隣で毛利の身体が、ビクンと震えた。ＳＭバーほど代用留置場に都合のいい場所はない。

「まぁ、なんて素敵な悪魔なの。もう、磔（はりつけ）十字架も檻箱（おりばこ）も自由に使って。三角木馬はきれいに消毒してあるからね。ウイルスの心配はいらないわ。手伝うことがあったら何でも言ってね」

桃子女王が満面に笑みを作り、揉み手になった。女王らしくない。

「じゃあ、使わせてもらう。張り付けるの手伝ってくれる？　それとＭ女をひとりオーダーしたいんだけど」

「もちろん！」

桃子が自慢のヒップを振りながら、プレイルームの扉の方へと進んだ。芽衣子は、毛利を咎人（とがにん）のように引っ立てながら、桃子の後に続いた。

二十平方メートルほどの拷問部屋だった。真っ赤な壁に囲まれた正方形の部屋だ。正面の壁に、高さ三メートルの十字架が据えられている。左右に延びた柱に拘束具がついている。隅には鉄格子に囲まれた細長い檻がある。反対側の壁には様々な鞭が、プールバーのマイキューのように並んでいた。バラ鞭、一条鞭、幅の広いベルトのような鞭。木製の棒も数本並んでいる。尻バットに使う棒だ。

「俺をどうする気だ？」

毛利が後じさった。目つきが一変している。

「銃殺！」

手錠をしたままの毛利のわき腹に、回し蹴りを入れた。スニーカーの尖端が、引きしまった筋肉に食い込んだ。

「あうぅ」

毛利が短い悲鳴を上げて、黒と白の市松模様の床に横転した。

「ずいぶんと、私の大事なところを弄（もてあそ）んでくれたわね」

スニーカーを脱ぎ生足の爪先（つまさき）で、くの字に倒れている毛利の股間を、ぐいぐいと押してやる。

「あうぅう」

恐怖まじりの喜悦の声だ。ＭＤＭＡを食って勃起した肉幹の感触が伝わってくる。屈みこみ、ズボンのベルトに手をかけると、桃子が壁際の道具箱に走った。

「アシスタントは私がしてあげる。いたぶって」

柄の長い枝切り鋏を手にした桃子が、鼻息を荒くして言っている。女王に刃物。これは怖い。毛利の眼球が高く上がった。

「助かるわ」

芽衣子は、爪先で股間の肉幹と胸板を交互に踏んだ。こっちもノーパンだ。仰向けに寝ている毛利の両眼には、芽衣子が足を動かすたびに秘裂の様子が映るはずだ。どんどん発情すればいい。だが到達点は、絶対に与えない。

桃子が、毛利のベルトをバチンと切った。そこからは早い。ズボンを股間から切り裂いていく。さすがはホストだ。ブルーのシルクのトランクスを穿いていた。これもあっという間に裂いていく。生の勃起が現れた。鯰（なまず）のように大きい。

ここからの手順を脳内に描きながら、芽衣子は踵を毛利の口に押し付けた。

「舐めなよ」

すかさず桃子が言う。枝切り鋏をワイシャツのボタンの脇から這わせてくる女王の言葉は、絶対だ。

毛利は、芽衣子の踵をべろべろと舐めた。

そうこうしているうちに、桃子は魚を捌(さば)くように、毛利の衣服をすべて左右に分けた。真っ裸が現れた。

「じゃあ、立って」

芽衣子は拳銃を向けた。

「サソリ、凄い小道具持ってきたわね。ここ防音だから、いくら撃っても平気」

たぶん、桃子はエアガンだと思っている。

毛利は顔を引きつらせながら立ち上がった。

「あの十字架に背を付けて」

「わかった。だから撃つな。そいつはそれほど精度がよくねぇ」

毛利は声を震わせながら、みずから十字架に歩を進め、背中を付けた。銃口を向けたまま手錠を外してやる。

すぐに桃子が「はい、バンザーイ」と命じて、左右の柱に手首を括(くく)りつけてくれた。足元には四角い箱馬を置いてやる。

勃起した毛利が磔になった。

「じゃぁ、私、M女を呼びだしてくるね。アレ専の子ね」

桃子が言う。

「その通り」

「なら、私が、充分オイルを回してから、放り込んであげるわよ」

桃子が嬉々として出ていった。

「どうしようってんだ」

毛利が凄(すご)んでみせる。

「あのね。おちんちん出して磔にされているんだから、突っ張っても無理よ」

芽衣子はじっと屹立している肉槍の突端を見つめた。亀頭がブルンブルンと上下に揺れる。

舌なめずりしながら凝視し続けてやる。亀頭が先走り液でうっすらと濡れ始めてきた。

「頼む、舐めてくれ」

「岩切隆久が三央連合に爆破テロを依頼したってことなのかしら？」

亀頭に向かって聞いた。

「なんでその話を聞いてくるんだ？　ひょっとしてあんた刑事かよ」

「質問に答えて」

芽衣子は、亀頭に甘い息を吹きかけた。毛利の顔が喜悦に歪む。

「たぶんそうだ。だが詳しいことは知らない」

まだシラを切る余裕があるようだ。芽衣子は壁に向かって進み、幅の広い鞭を取った。厳密には鞭ではなく革砥だ。カミソリを研ぐための革のベルト。理容室などで見かけるものだ。八年前、芽衣子が鞭として特注したものだ。

素振りをしてみた。鋭く風を切る音がした。

毛利が肩を震わせた。亀頭を刺激して欲しい気持ちと無防備な裸体を打たれる恐怖に混乱しているはずだ。

「あなたも三央連合の幹部なのよね」

基本的なことを確認した。

「まぁ、そんなところだが、うちらはヤクザじゃない。組長とか若頭とかいう役職もなければ、特に幹部とそれ以下という決まりがあるわけでもない」

「上納金はどうしているわけ？」

毛利の目の前で、もう一度素振りをした。縺れた空気が、毛利の肉槍と陰毛を揺らした。

「だから、うちらはヤクザじゃないんだから、そんなシステムもない。それぞれが、好きな商売をやって、金は仲がいい者同士で融通しあっている。三央連合は、まさに緩い連合体なんだ」

毛利がまくし立てた。裏を返せば、まとまりもないということだ。

「ダイナミックプロの岩切社長と通じているのは、西尾真人？」

睾丸を手のひらで転がしてやる。

「うっ……」

毛利がうっとりとした表情を浮かべた。

「西尾は日本に戻っているんでしょう？」

ぎゅっと握り絞めてやる。必殺金玉（タマ）ハグだ。

「あう！」

眼球が浮きでたような表情に変わる。さらに握りを強めた。

「お稲荷（いなり）さんが潰れると、内臓も破裂するってね」

医学的な根拠は知らないが、頭の中には内臓破裂のイメージが浮かぶはずだ。女王は、僕（しもべ）の脳内をいたぶるのが仕事だ。

「確かに西尾クンは戻ってきている」

果たして毛利は白状した。

「空港や高速道路で爆破を指示したのは西尾真人ね」

「はっきりは知らない」

芽衣子は睾丸から手を放し、毛利の右肩から左脇腹にかけて、鞭を放った。

「あう！」

毛利の顎が上がる。続いて左肩から右脇腹に打ちおろす。X打ちだ。江戸時代の奉行所風の取り調べを開始する。

「あう、うぐっ」

そのまま乱れ打った。毛利の胸板や腹が赤く染まる。

「いや、ホントに知らないんだ。西尾クンは、ヤメ検の凄腕弁護士を五人ほど雇っている。殺人教唆（きようさ）に問われないように、いろんなアドバイスを受けているはずだから、俺たちにも知らせずに、直接、末端のコマを動かしたはずだ」

毛利が謳（うた）った。嘘はなさそうだ。空港の爆破犯も駐車場や高速道路の爆破も、西尾が直接、族の若手に指示をしたのだろう。それならば、西尾に近い毛利なども知らなかった可能性は高い。

西尾は東京とマニラの双方の組織を動かせる男だ。実行犯たちを海外に出してしまえば、永遠に別人に仕立ててしまうことができる。

「実行犯は、下部組織の族ね？」

もう一発睾丸をベルト鞭で打ち上げてやる。毛利の顔がくしゃくしゃになった。

「西尾クンから直接ではないが、八王子のガキたちだと聞いている」

「爆発物は、あの工場で作っていたのね」

「それは間違いない」

パーキングタワーでの爆破や首都高速で火薬を積んだ軽トラを出動させるのは、彼らにとっては、簡単なことだろう。

「到着ロビーのキャリーバッグも同じ仲間ね」

「おそらく」

「発火ボタンを押したのは誰だと思う？」

「警備員だ。闇カジノに嵌って身動きとれなくなった警備員がいたはずだ。西尾クンは、その辺も抜かりがない。眼をつけた民間警備会社の中に、女を仕込み、嵌められそうなやつを探しだす。西尾クンの得意なやり方だ」

「それなら空港の事情にも詳しいわね」

「警備員の素性は徹底的に調べ上げられるが、警備会社の社内で働く事務職なら、意外に簡単に潜り込める。西尾クンは人材派遣会社の社長なんかとも仲がいいから、その辺のルートからハニトラ要員を仕込んだんだろうよ」

「会社に潜り込ませて、動かしたい人間を操る。まるでコンピューターウイルスね」

「それより、あんた本当に何者なんだ。ビルのオーナーじゃないのかよ。俺たちだってちゃんと調べたんだ……星野由里子ってちゃんと住民票も登記簿謄本も確認している。サソリってなんだよ?」

毛利の額に汗が浮かんでいる。亀頭の尖端からも透明な液が溢れだしていた。

そこで扉が開いた。

「サソリ、この女、光恵っていうの。もうたっぷり濡らしてあるよ」

桃子が両手を細いロープで戒めた三十歳ぐらいの和風美人を連れてきた。光恵と呼ばれた女はシルキーホワイトのキャミソール一枚だ。肉付きが良く、白い肌がほんのり桃色に染まっている。

下着はつけていない。乳首と漆黒の陰毛がキャミソールから透けて見えるが、左の乳首だけがやけにぷっくらとキャミソールを押し上げていた。

「あぁ、桃子お姉さま、早く右の乳首も弄ってくださいな」

桃子は光恵に得意の「片乳責め」を徹底したようだ。刺激されていない方の乳首が、疼いて、疼いて、立っていられなくなるほど、もう一方の乳首だけを刺激し続けるのだ。

「公開オナニーしないとだめ。あそこに張り付けられているあいつに、オナニーを見せて。ただし、右乳首を触ったら、そのまま店の外に放り投げるから。やられまくればいいわ」

「それだけは許してくださいっ」

「その代わりあいつが射精したら、右の乳首をべろべろしてあげる。クリも洗濯ばさみでギュウギュウしてあげる」

言いながら、桃子が磔台の前に、折り畳み式のベッドを広げた。

「あぁ、はい、やります。喜んでオナニーします。手のロープを解いてください」

光恵がベッドに腰を下ろし、しどけないポーズで、両手を差しだした。

「あなた何言っているの。ノーハンドオナニーに決まっているでしょう」

桃子が言い放つ。ついでに光恵に近寄り、キャミソールの上から腫れている方の左乳首を、ひといじめする。

「あひゃ、そっちじゃなくて、右を」

光恵が目を細め、右側のバストを桃子の腰に押し付けようとした。桃子がアイコンタクトをくれた。

「甘えないでっ」

芽衣子は光恵の背中に、思い切り鞭をくれてやった。女王のコンビネーションプレイだ。

「あぁああああああ」

悲鳴を上げた光恵が、ベッドの上に仰向けになった。

「さぁ、濡れているアソコを、ばっちり見せてあげて。もう、透明な濡れかたじゃないでしょ。白くてねばねばした葛湯をたくさん溢れさせているんでしょう」

桃子の言葉責めに、光恵は身体を小刻みに震わせながら、もじもじと両脚を開いた。キャミソールの裾が割れ、股の狭間から甘ったるい発情臭が上がった。トロ蜜に塗れた女の肉庭が、毛利に向けられる。

毛利の両眼がかっと見開かれ、亀頭が臍(へそ)に付くほど反り返った。光恵は両手を戒められたまま、太腿を揉み始めた。

通称「寄せまん」。内腿同士を擦り合わせ、クリトリスを圧迫するオナニーだ。

「あふ、いやんっ、じれったいわ」

光恵が下半身をくねくねと動かす。指でガンガンと擦りたてる自慰よりも遥かにいやらしく見える。

毛利が激しく身体を揺すった。

「抜いてくれっ。頼む！　いますぐ抜きてぇ」

目の前で本気自慰をする女をみて、毛利の脳内で、発情の段階が一気に駆け上がったようだ。

「岩切は何を企んでいるの？　地面詐欺やカジノの利権だけじゃないでしょう？　そのぐらいはあなたも知っているはずだわ」

毛利の亀頭に舌を伸ばしながら聞いてみる。

「うっ、はぅぅぅぅ」

「あのさ、あんたもう、ここの様子撮影されているんだよ。私の無修正動画もネットに上げられちゃうだろうけど、どのみち、あなたも、もう終わりなのよ」

芽衣子は天井のミラーボールに顎をしゃくった。小さなレンズが見える。

自分のセックス動画がアップされるのは織り込み済みだ。そのリスクも含めて、特殊メイクを施されているのだ。それにしても美容室の『スコーピオン』の特殊ビユーティシャン梶洋子の腕は素晴らしい。

「くっ」

毛利もミラーボールを見上げている。

「これがアップされたら、あなたカッコ悪すぎるね。二度と歌舞伎町に戻れないわ。もう一度聞くわ。岩切の本当の目的は何？」

光恵の喘ぎ声が響き渡っている。

「光恵、それじゃあいつに、肝心なところが見えないじゃない。『踵まん』にしなさいよ」

桃子の声が飛ぶ。

「はいっ、すぐにやりますっ」

光恵は右脚だけを折り、踵をぬるぬるの女の狭間に当てた。

「あぁあああ」

指の代わりに足の踵を使って、女の尖りを圧し潰しているのだ。めったに見れるものではない。

「おぉおっ。擦ってくれ」

「そのまま、射精しちゃえば？　触られてもいないのに、飛ばしちゃうって最低野郎の映像になるわね。ユー、明日から歌舞伎町中の笑い者ね」

芽衣子は少し前かがみになって、毛利の睾丸にふーっと息をかけた。

「うぅぅぅ」

まだ耐えている。芽衣子は、毛利の脇に立ち、ベルト鞭で尻を思い切りひっぱたいた。亀頭が膨らみ、切っ先が広がった。

「あうっ。政界進出だ。西尾クンからはずみで聞いたことがある。岩切さんは、政界進出を目指しているって」

毛利が早口で言った。芽衣子は鞭を打つのを止めた。

「自分自身が、参議院議員にでもなるつもり？」

「岩切さんは、自分の政党を作るつもりだと。一定の議員数になったら、民自党に合流して、派閥になるんだとか、西尾クンが笑いながら言っていた。でもそれ本当じゃないかと思う……ってこれも録画されちゃっているんだよな」

毛利の顔はもう泣きそうだった。思ってもいなかった大きな陰謀が、躍（おど）り出てきた。

「毛利さんさ、あんたもう歌舞伎町に戻るの諦めて」

「なんだって」

「もう、私の言いなりになるしかないってことよ」

芽衣子は桃子に目配せした。頷いた桃子が、光恵に命じた。

「あいつの肉棒、容れちゃいなよ」

「えっ、はいっ」

光恵がベッドから跳ね起き、毛利の前に進んだ。くるりと背を向け、形のいいヒップを、毛利に差しだした。芽衣子がキャミソールを捲ってやる。

「挿し込んでください」

光恵が恥ずかしそうに言った。

「おぉおおおお」

毛利が暴れる巨象のように身体を震わせた。

「まだよ。もっといろいろ喋ってもらわなきゃ。挿入させてあげない……」

釘も打てそうなほど硬直した肉槍と、湯気の上がったしゃぶしゃぶ肉のような女の花びらを、ほんの少しだけ触れさせながら、芽衣子はさらなる尋問を開始した。

三十ほど、いろいろ尋問した。

半グレと政界の繋ぎ目が、芸能界であるという供述がいくつも取れた。

桃子のスマホを借りて萩原に連絡した。明日の夜、指定の場所で会うことになった。

「ふたりとも、腰が抜けるまで、やっちゃいなよ」

発情した男女の戒めを解いてやった。毛利と光恵はベッドに転がり下りると、すぐさま蛇のように絡み合った。

バーカウンターに戻って、生ビールを一気に飲み干す。

「及川大臣って大丈夫なの？」

桃子が心配そうな眼を向けてきた。桃子はテキーラをロックで呷（あお）っている。

「かなりやばい状況ね。でも、さっき聞いたことは……」

「わかっているって。客の言ったことを触れ歩くようでは、女王をする資格はないわよ。財務省の官僚も、東大の教授も、ここでは『赤ちゃんプレイを希望します』とか平気で言うんだから」

「だよね」

この夜は、久しぶりに桃子とＳＭ談議に花を咲かせた。警察学校では教えてくれない『視覚的に驚かせる技』がたくさんあることに、あらためて気づかされた。

2

今朝も霧雨だった。

及川茉莉を乗せた公用車は、衆議院赤坂議員宿舎の車寄せをゆっくり滑りだした。ワイパーの向こう側に外堀通りが見えてくる。

「本村さん、急な変更で悪いんだけど、先に都庁に回ってください。たったいま、小森知事から、三十分なら時間が取れると連絡をいただいたの。ごめんなさいね、秘書さん同士を通さず勝手に予定を入れて。私、昨夜、知事のプライベート用の番号に留守電を入れておいたのよ」

及川は、助手席に座る秘書官の本村直樹にそう伝えた。

「承知しました。運転手さん、聞いた通りだ。都庁に回ってくれ」

「畏まりました。正門でよろしいのでしょうか」

運転手が確認してきた。都庁の正面玄関には、常に知事番の記者たちが、一日中待ち構えている。都庁を訪問する重要人物にも目を光らせているのだ。

「かまいません」

非公式の場合は、偽装して地下駐車場から上がるという手もあるのだが、今朝は堂々と正門から入る。記者が書いてくれた方がいい。

運転手は頷き、外堀通りをいつもとは逆の四谷方面へと向かった。

「あの、警備の手順が変わりますから、ラインで他のSPにも知らせます」

及川の左隣に座っている谷口彩夏が、小さく会釈をしてスマホを取りだした。今朝の移動担当SPは谷口だ。このところ杉崎美雪と交互についている。

閣僚の担当は三名いるが、通常の行動に帯同するのは一名だけである。離れた地点から、数名で護衛していることもあるのだそうだが、それらのSPがどこにいるのかは、当の及川にもわからない。

「本村さん、近々に上条さんともアポを取れないでしょうか」

上条とは、日モ総合エンタテインメント協会の会長、上条高太郎のことだ。元総合商社の欧州統括支社長で、本社の副社長を二期務めたのち退任し、五年前にこの協会の会長に納まっている。財団法人だが、その基金の多くを上条の出身商社が出していた。

「ただちに、セットアップいたします」

モナコと日本が国交を結んだのは、二〇〇六年のことだ。ほんの十五年前のことでしかない。

これは、モナコが約百年にわたりフランスとの間で仏モ保護友好条約を結んでいたためだ。外交はフランスに委託していたわけだ。二〇〇五年にこれが改正され、モナコはフランスの許諾なしに他国と国交を結べるようになり、日本とも二か国間の国交を結んだことになる。

ただし、現在も日本にモナコ大使館、領事館は開設されていない。モナコの日本担当領事はフランスに常駐しているのだ。日本側も在フランス大使館がモナコを兼務している。つまり互いに主権国家として国交を結んだものの、外交的にはいまだにフランスを介しているのが実情だ。

同じ都市国家であるサンマリノ共和国とバチカン市国の両国は、日本に大使館を開設している。

ダイレクトにモナコとコンタクトを取っているのはむしろ総合商社や民間の文化交流団体だ。

文化交流団体。これがいつの世にも、政治の裏チャネルとして活用される。

日モ総合エンタティンメント協会もそんな団体のひとつだ。

国交樹立に向けてもっとも早く動いたのは、菅沼重信、現官房長官である。

十五年前の菅沼はカジノ推進派議員連盟の副幹事ではあったが、ラスベガス派、澳門派のどちらにも属していなかったという。ラスベガス派は民自党の官僚派、澳門派は党人派と、すでに棲み分けができあがっていたのだ。

まだ誰も手を付けていないモンテカルロに菅沼は頻繁に通い日本の政治家としてもっとも深く入り込んだ。手助けしたのが、総合商社の副社長だった上条高太郎だ。

これに外務省の欧州局が乗った。北米局とアジア局に後れを取るまいと菅沼のもとに結集したのだ。

ただし、二〇〇六年当時、与党議員ですら、そう簡単にカジノ法案が通るとは思っていなかった。カジノ公認など、憲法改正と同じぐらい非現実的な法案と思われていたものだ。

三年後、民自党が政権を失い下野すると、案の定、日本におけるカジノ構想は、消滅したかに見えた。ところがだ。

——まさに、ところがだ。

と及川は頭蓋の下で反芻した。

二〇一二年、民自党が約四年ぶりに政権復帰を果たすと、奇跡的な長期政権となった。約四年にわたる立共党政権時代の外交の混迷、長期化したデフレへの反動である。長期政権は、外交の安定、経済政策の継続などメリットも多いが、独裁的な色彩も帯びる。

誰もあり得ないと思っていたカジノ法案が、さしたる混乱もなく通ってしまったのだ。一議員でしかなかった及川としても実は青天の霹靂であった。

だが、そろそろこの政権の末路が見えている。大番頭の菅沼が一番それを感じているはずである。

策士の菅沼は、次の手を考えている。

現政権の手で、カジノには手を付けたくない。

さりとて、モナコの利権は成就させたい。

そういうことだ。

そうこうしている間に、公用車は都庁の正面玄関に到着した。先に、SPの谷口彩夏が降り、扉の前に立った。予定外の立ち寄りのためか、心持ち緊張しているように見える。

及川はおっとりした足取りで降りた。

庁舎に入ったところで、すぐに記者たちに取り囲まれた。女性記者が無遠慮にICレコーダーを突き付けてくる。

「及川大臣、知事と面談ですか」

当然だ、という顔をしてやった。大臣が直々に来たのだ。知事以外の誰と会うというのだ。

「お台場の件でしょうか」

別の男性記者が声を張り上げた。

「女子会をやろうって、知事に誘われたのよ」

煙にまいて、小走りにエレベーターへと向かう。

これでいい。自分は、経産大臣でも農林大臣でもない。IR担当特命大臣だ。誰の目にもカジノの相談にしか映らない。

たっぷり詮索して欲しいものだ。

3

東京ドーム。ライト側スタンド席の最上階。午後八時だ。

スタンドは閑散としていた。

「岩切と西尾の関係は、戦後の闇市からのし上がった政商と極道の関係と同じということだな。三央連合と岩切の繋がりの証拠を摑めたのが大手柄だ」

萩原がグラウンドを見下ろしながら、顎を撫でた。カクテルライトに照らされた緑の人工芝のグラウンドではファイターズがマリーンズを迎え撃っている。ファイターズ一点ビハインドの五回の裏。四球でノーアウトのランナーが出たところだ。一塁側スタンドから、歓声が沸き上がっている。東京にも根強いファイターズファンはいるようだ。

芽衣子は太田麻沙美になってやってきていた。同じ顔でふたつの役柄を演じているので、ここに来る前に、改めて表参道のスコーピオンに寄ってきた。梶洋子に丁寧にメイキャップを施してもらい、気持ちを切り替えた。

いまは太田麻沙美だ。

「岩切は本気で、政党を作ろうとしているのですか?」

ポップコーンを頰張りながら確認した。

「その仮説はずいぶん前からあった。岩切は、このところの国政の状況を見て、いよいよ時機到来と見たんだろう」

萩原は淡々と言った。

「ということは、公安は、かなり以前から岩切に目をつけていたということですね？」

どうやら単純にカジノ利権の奪い合いということでもなさそうだ。

芽衣子はビールを飲んだ。ポップコーンとビールをやりながらのナイター観戦は気分がいい。

「芸能プロというのは、いわば無名な人間を有名人に仕立てる商売だよな」

萩原が意味ありげに笑った。

「確かに……」

例えば、スポーツや芸術やあるいは学術などの世界にいる者は、成し遂げた業績によって結果、有名人となる。

対して芸能人は有名になることが目的化された職業と言えよう。ある意味、売名行為が仕事なのだ。そして芸能プロは、その「有名人」を育成することを生業とする。言い換えればインフルエンサーの養成機関である。

「芸能人の育成に名を借りて、実はその最終目的が政治家の育成だったら、どうする？」

萩原もビールを呷った。ごくごくと喉を鳴らして飲んでいる。

芽衣子の背筋が凍った。

選挙は知名度が勝負だ。それゆえ政治家は地元を歩き回り、街頭演説を繰り返し、自分の名前を売って歩く。それなりの後援組織もなければ、票は集まらない。

昔から選挙は、地盤、看板、鞄と言われる。

「持っている知名度に時流に合わせた政策を掲げれば、当選確率はぐんと上がりますね」

「だろう」

萩原が芽衣子のポップコーンバケットに手を伸ばしてきた。鷲掴みにして口に放り込む。口がでかい。

「ファンクラブという後援会が最初からあるようなものだし、浮動票は政策よりも知っている名前を書きたがるわ。で……」

と芽衣子は残っているビールを飲み干し、グラウンドを凝視した。ヒットエンドランが成功していた。ランナー一塁、三塁だ。とりあえずファイターズが同点に追いつきそうだ。

「で、なんだ？」

「政治家としての素養は、民自党東山派の政策秘書たちが授けるってことね」

芸能人としての知名度に、政治的インテリジェンスが付けば、鬼に金棒となる。

「それだけじゃない。例えば……」

萩原がベンチの下に置いたトートバッグからタブレットを取りだした。何度かタップし若林颯太のプロフィールを取りだした。

「……ここを読んでみろよ。公表されていない経歴だ」

タブレットを芽衣子の膝の上に置いた。

視線を落とす。

若林颯太は、十代の終わりにアイドル歌手としてデビューし、三十歳になるころに俳優業にシフトしている。社会派ドラマなどの脇役としての経験を積み、近頃はドキュメンタリー番組のナビゲーターへの起用も目立つ。

と、そこまでは芽衣子も知っているレベルの芸歴だ。

次の一行に目をやり、芽衣子は目を瞠った。

K義塾大学大学院メディア研究科修士課程卒業。

「いつの間にこんな学歴を」

三年前に密かに入学。卒業したのは去年のことだ。

なぜ公表しない。

芽衣子は若林颯太の公式HPを検索した。

公表されているプロフィールには、芸能人コースがあることで有名な私立高校の卒業の学歴しか載っていない。

「K大のメディア研究科は高卒でも受験資格があるんだ。論文と面接だけで受験できる。学歴ロンダリングには最適というところだ」

萩原が注釈をつけてくれた。

「入学しただけでも話題を取れるのに、卒業後も公表していないのはなぜかしら」

「芸能人としての話題性なんてもはや若林には必要ないということだろう。来たるべき次の野望の時に公表する。実は、コツコツと勉強していましたと言いたいのだろう」

カーンと打球の音がした。

打球はセンターに伸びている。

マリーンズのセンターがバックした。かなり深いが、ボールはスタンドには入らず外野手のグローブに収まった。三塁ランナーが走った。楽々ホームインした。ファイターズが同点に追いついたようだ。

「それにしてもよく卒業できたわね。入学に有名人としての多少のお目こぼしがあったとしても、修士号を取得するのは容易じゃないはず」

タイムが掛かりマリーンズの監督がピッチャーズマウンドに歩んでいた。

「調べによると民自党議員の政策秘書が個別指導についていた。学業と同時に政治家としての心得も教えていたんだろうな」

「なるほど、マジに政治家への転換を図っていたから、マスコミにはあえて公表しなかったというわけね。むしろその二年間は密かにスキルを身につけていたということね」

「そういうことだ。ダイナマイトプロの出身者ではすでに、三浦瞬子が政治家として成功している。若林がそれに続き、他にもほら、これだけいる」

　萩原がポップコーンで汚れた指を伸ばし、タブレットをタップした。三度ほどタップしダイナマイトプロの所属一覧を取りだした。数枚捲って止めた。

「こんなに文化人とか元スポーツ選手が所属しているなんて」

　そこには、時折ワイドショーにコメンテーターとして登場する経営コンサルタント、作家、元スポーツ選手などが並んでいた。

「こっちは逆転の発想だ。もともと知識があって弁の立つ連中をタレント化させたわけだ。テレビ局の地上波番組は、一定の芸能プロの既得権益となっている。五社程度の大手プロがキャスティング権を独占しているのが現実だ。その一角を占めるダイナマイトプロが、こいつを使えと言えばテレビ局は忖度(そんたく)する。無名の経営コンサルタントやそれまで自称評論家だった人間でも有名にしてしまうことができる」

萩原が通路に向けて手を上げた。ビールボーイが大きな樽(サーバー)を担いでやってくる。萩原が二杯オーダーする。大型の紙コップになみなみとビールが注がれた。

「芸能プロのなせる業(わざ)ですね」

「しかも、そこに出ているメンバー、一定の特徴があるだろう」

萩原が両手を伸ばして、ビールを受け取りながら言う。

芽衣子は居並ぶ文化人タレントたちの写真を見た。

「親中派ばかりですね」

「肝はそこだよ。岩切は約四十五年かけてダイナマイトプロという隠れ蓑を使って工作に勤しんでいたというわけさ」

「岩切が、中国の工作員……」

芽衣子は、ビールを受け取りながら息を呑んだ。

「そういうことさ。おまえさんの報告から、俺は岩切を洗い直した。するとあの男が歌舞伎町でハコ屋をやっていた頃に、華僑(かきょう)の大物から支援を受けていたことがわかった」

ハコとはキャバレーやスナックを指す。そこに歌手やバンドを送り込む手配師をハコ屋と呼んだのである。芸能界の底辺を支えるような業種だが、現在も小規模のハコ屋が大手芸能プロや興行会社と共存している。

萩原が話を進めた。

「その華僑が中国の工作員だったということですね」

ビールを呷りながら確認した。

「当たりだ」

ピッチャーマウンドからマリーンズの監督が下り、ゲームが再開された。歓声が大きくなった。

前後左右に誰も座っていないライトスタンドで、萩原がぼそぼそと語り始めた。

「かつて日本では、『中共』と呼んでいた中華人民共和国と国交正常化がなされたのは、一九七二年（昭和四十七年）のことだ。かれこれ四十八年前のことになる」

芽衣子は警察学校での座学で習ったことを改めて思いだした。公安にとって中国とロシアの歴史的知識は必須科目であった。

以前の国連常任理事国は中華民国である。

この前年、国連入りを果たした中華人民共和国がその座を継承したのだ。その後ソビエトはロシアが継承国となっている。どちらも戦勝国ではなく継承国である。日中国交正常化は時の総理田中角栄と周恩来の手でなされている。公安特殊情報員になるための座学で改めて学んだ。

「翌一九七三年、中華人民共和国の大使館が東京に開設されると、在日華僑の中にも大陸側に付く者が現れ始めたのさ」

在日華僑のルーツは清国だ。大陸でも台湾でも、そして香港、澳門ですら彼らにとっては同じ国だ。

「歌舞伎町にキャバレーが乱立していた時代と重なりますね」

『不夜城』『ハイツ』『ムーラン・ドール』『ムーラン・ルージュ』『メトロ』『シャンタン』……ネットで検索したらそんな名前が並んでいた。七〇年代から八〇年代の半ばまで歌舞伎町を彩ったグランドキャバレーだ。

「当時のキャバレーにとってバンド、歌手、芸人、司会者を手配するハコ屋はなくてはならない存在だった。同時に、キャバレー界とテレビ界が接近した時期でもある。岩切は、単なるハコ屋ではなく、いずれはテレビにも進出できる自前のタレントを抱えたがっていたに違いない。ただ、歌手を発掘し、育成するには莫大な資金がかかる。しかも当時はＷプロの全盛期だ。テレビの出演枠はほとんどＷプロが握り、わずかにHプロとJ事務所がその隙間に割り込んでいただけだ」

「いまをときめくJ事務所でも、当時はその程度だったわけですか」

芽衣子は、東京ドームの天井を眺めた。まだこの天井がなく、満天の星の下で長嶋や王がバットを振っていた時代の話だ。

「岩切のバイタリティに目をつけた華僑マフィアが資金援助をしたんだ」

岩切の眼が光った。

芽衣子が歌舞伎町を漁れば、必ず岩切にたどり着くと知っていたのだろう。

岩切が続けた。

「その資金を活用して岩切は、当時『クレイジーナイト』で前座歌手をしていた有栖川鈴子のマネジメント契約を取り、ダイナマイトプロを設立した。全力で売り込みを図り、一年後には知っての通り有栖川鈴子はビッグスターになった」

そこからの岩切は破竹の勢いで、芸能界の覇権を目指していく。

「その大物華僑マフィアというのは？」

芽衣子は、カクテル光線で浮き上がって見えるグラウンドを眺めながら聞いた。

「王泰山、日本名、奥村康夫、こいつこそ中国共産党の情報機関の下請け屋だった」

「岩切が芸能界でのし上がっていくと、日本のメディアの情報をダイレクトに収集できるということになりますね」

「そこが、奴らの狙いだった。岩切は、所属芸能人には政治的中立性を保たせながら、テレビ局や大手広告代理店の連中にどんどんハニートラップを仕掛けていった。古典的だが、人を操るにはそれが一番効く」

「タレントの売り込みのためにプロデューサーをたらし込んでいただけではなかったと?」

「そんなものはビッグスターのふたりも抱えれば、ある程度は新人も押し込めるようになるのが芸能界とテレビ局の関係だ。岩切は別な目的のためにマスコミ関係者を接待し続けていたんだ」

「情報収集ね」

「バラエティやドラマ制作の現場から報道部の様子をそれとなく当たらせていた。その情報が王ファミリーに流れていた。もちろんそのまま北京(ペキン)に筒抜けだ」

「王泰山ってまだ生きているんですか?」

「いや、二十年前に他界した。後を継いだ息子の王信民(しんみん)の日本名は奥村信夫(のぶお)。今年七十歳になる。現在は、香港の映画会社『ゴールデンゲート』の日本代表という肩書で、日本の若手映画人に資金援助をしているが、狙いは父親と同じだ。その仲介役を岩切がやっている」

ひたひたと中国の触手が日本の映画界に伸びているということだ。

「しかし長らく舞台裏に隠れ、政界とは距離を保っていた岩切が、今ごろになって、政界進出を目論(もくろ)むというのはどうした風の吹きまわしですか」

芽衣子は聞いた。芸能界の首領があえて政界に進出する意味はあるのか?

歓声が沸いた。三塁側からだ。マリーンズのピッチャーが三振を奪ったのだ。ツーアウト。一塁ランナーは動けずにいる。

「北京が時機到来と見たということだ」

「時機到来?」

「昨年の参議院選を見ればわかる。これまではあり得なかった弱小政党の候補者が続々と当選するようになったじゃないか。元俳優が率いる政党や元国営放送職員が党首を務める政党も一定の票が取れている。これまでならありえなかったことだ」

たしかに、諸派と呼ばれる泡沫(ほうまつ)政党でも、浮動票を味方につければ、三人ほどの候補者を国会に送り込めるようになった。

これは民自党の派閥や労働団体などの利益代表役である既存野党の力がほとんど

なくなった象徴的な現象だ。

総花的な公約に国民は納得しなくなり、ワンポイント訴求の政党の方へと票が流れるようになったのだ。

芽衣子も頷いた。

「岩切とすれば、いまなら、大量の有名人を擁立すれば、多くの当選者を出せると踏んでいるのではないかね。うまくすれば野党第三党の『威風堂々（いふうどうどう）の会』を追い抜く勢力となりえる。岩切はいきなり五十人の候補者を擁立しようと企んでいるようだ」

それは大人数だ。

「すでに知名度のある芸能人や文化人を大量に擁立したら、それは台風の目になりますね。二年後の参議院選を見込んでのことですか」

「狙いとしてはそこだろう。参議院で間違いない。長期政権の後は、しばらくは短命政権が続くというのが政界にはよくある現象だ。岩切はそのタイミングを探っているに違いない」

「芸能プロモーターとして、空気を読むことに長けているし、イメージ戦略はお手のものよね。誰かを強力なリーダーとして立てるつもりね」

「若林颯太だろう」

萩原がきっぱりと言った。

「政策は？　マニフェストが必要でしょう？」

「選挙に打ってでるタイミングで、一番大衆受けする政策を掲げるだけでいいのさ。一発目の選挙なんて、出来る出来ないなんて二の次だ。大衆の不満の捌け口になることを掲げるだけでいい。参議院なら当選してしまえば、その後六年の任期が与えられる。岩切は、いつ解散するかわからない衆院よりも、任期が決まっている参議院に的を絞る肚だ」

「まずは参議院内に一定勢力を保持し、民自党と合流する方法を模索するのでしょう。それを東山美恵子と三浦瞬子が手引きするということですね」

グラウンドではマリーンズの投手がノーボール、ツーストライクと打者を追い込んだ。走者は一塁に残っているが、どうにか封じ込められそうだ。

樽を担いだビールボーイが、通路を往ったり来たりしている。その人数が少し増えたような気がする。

「北京が岩切に求めているのは、民自党内に親中派をつくることだ。いまやイデオロギーの時代などではないということを、北京は知っている。左派系の野党議員のことはプロパガンダ要員としか思っていないさ。肝心なのは、政権与党の中に親米派と対抗できる親中派を作り上げることと割り切っている」

「なぜ芸能界の首領である岩切隆久を四十年近くも温存し、尚且つ、いま動かそうとしているのか。目の前の雲がちぎれて、視界が開けた思いだわ。中国はいよいよ、壮大なイメージ戦略を仕掛けてくるつもりなのね」

芽衣子は、用心深く周囲の気配を嗅ぎ取りながら、ビールをほんの少しだけ飲んだ。たっぷりと紙コップに残しておいた方がいい。

「このままでは日本は、アメリカと中国の股裂きになるな」

萩原が眉間を揉みながら言った。

自由主義陣営の一員としてアメリカにつくか。

地政学的メリットから中国につくか。

現状の国民意識では、アメリカが多数を占めるだろう。

だが、ハリウッド映画よりも、中国映画が多く上映されるようになり、日本の俳優が上海(シャンハイ)や香港で次々に成功を収めていったらどうなるだろう。

少子化の進む地方都市に次々とチャイナタウンができて、地場産業が中国企業に買収されたら、日本の中国化はどんどん進む。そういう政策を推進するだけでいいのだ。

そして最悪のシナリオは、気まぐれなアメリカの大統領が、駐留米軍をひきあげてしまうことだ。そうなったら、もはやこの国は自衛できないだろう。

芽衣子と萩原のスマホが同時に震えた。

芽衣子はホワイトジーンズのヒップポケットからスマホを抜きだした。萩原は濃紺のジャケットのサイドポケットから取りだし、もう眺めている。

「カジノはやはりラスベガスでもモナコでも困るようだな」

萩原がすっと立ち上がった。

芽衣子はスマホのメール画面をタップした。

【小森都知事、私邸前で公用車を降りたところで、何者かに手榴弾を投げつけられる。意識不明。容疑者は逃亡中。総監会見は一時間後だ】

新宿西署の組織対策課の黒田からだった。萩原への入電は警視庁捜査一課からだろう。

「トロイの木馬がいよいよ素顔を見せたようだわ」

芽衣子も立ち上がった。ニューヨークヤンキースのスタジアムジャンパーのジッパーを下ろし、ベルトに挟んだ特殊警棒を摑んだ。芽衣子のオリジナル特殊警棒だ。

「案の定、俺たちもマークされていたようだな」

萩原はジャケットのボタンを静かに開けている。ちらりと伸縮式の特殊警棒が覗く。

「想定通りです」

芽衣子はビールボーイのひとりに目をやった。先ほど注ぎにきた男だ。野球帽の下の眼が鋭く光った。身体全体から狂気が漂っていた。二十代前半。そいつがいきなり背中の樽から伸びたホースのトリガーを引いた。

黄金の液体が飛びだしてくる。芽衣子の眼を狙っていた。間合い二メートル。すっと屈みこんだ。液体が背中を超えていく。

特殊警棒を振る。刑事が持つ特殊警棒とは違う。二本の革紐が伸びる。驚愕したビールボーイの顔が歪む。

鞭の尖端を右脚に絡めた。思い切り引く。

「うわっ」

ビールボーイが樽を背負ったまま階段通路に転倒する。野球帽が飛び極悪な顔をさらけだした。だが男は同時に手裏剣を投げてきた。

「スタントマンね」

言うと、男の顔がさらに引きつった。図星だったようだ。芽衣子は、その顔面に二本鞭を振り降ろした。

「ううう」

額が割れた。

萩原もビールボーイ三人に取り囲まれていたが、警棒を使わずに拳で闘っていた。猛烈な訓練を受けた刑事にとっては三人ぐらいはどうってことない。

「マルボウのねえちゃん、ずいぶん舐めた真似してくれるじゃんか」

真横から、別な男が飛びだしてきた。ジャックナイフを握っている。すでに樽はおろしている。

「そんな汚い顔舐めないわよ」

肘でナイフを叩き落とし、裏拳で男の鼻梁を叩く。

「んがっ」

血飛沫（ちしぶき）が飛んだ。鼻梁は折れている。男は空いている座席に倒れ込み、のたうち回った。

さすがに十メートルほど離れた位置にぽつぽつと座っている観客が振り向き始めた。

その状況を察した萩原が叫んだ。

「こらぁ、おまえらよぉ。客を舐めてんじぇねぇぞ。こぼしましたで済んだら警察要らねぇだろう」

柄の悪い客が、ビールボーイに絡んでいる風を装っている。

「そうよ、お金返しなさいよ。私のジーンズの洗濯代、たっぷりもらうわよ」

芽衣子も芝居に乗った。スタジアムには、ときたまこんな酔客もいるものだ。客たちが、巻き添えになりたくないとばかりに顔をグラウンドに戻した。

いずれ襲撃されるのは、毛利から情報を得た段階で、想定していた。むしろうまく誘きだせたということだ。

「死ねや!」

三人目が吹き矢を放ってきた。毒を盛っているはずだ。バックステップで通路を降りた。足を踏み外し、背中から滑り落ちた。それが幸いした。矢は足元に落下した。

さらにあらたな吹き矢を取りだしている。間合い三メートル。鞭は届かない。今度はやばい、と思った時だった。男の口から吹き矢が吹っ飛んだ。

「ひっ」

男がのけぞった。微かに硝煙の匂いがする。芽衣子は半身を起こし、萩原を見やった。S&WのM16をジャケットの裏側の拳銃ホルダーに戻すところだった。

「退避！」

萩原の声がした。バックスクリーン側を指さしている。非常扉が開き、紺色の制服を着た球場警備員が駆けだしてきた。

芽衣子は跳ね起き、ロビーに抜ける階段へと急いだ。こんな時は萩原とは別々に逃げる。

襲撃者たちもビールサーバーを放り投げ、四散し始めた。

この男たちのことは、いずれ割れる。しかし雑魚だ。

芽衣子はJR水道橋の駅まで戻ると、スマホを取り電話をする。相手は黒田だ。

「都知事の件、連絡ありがとう」

「いや、いちおう相勤者だから、連絡入れておかねぇと。警視庁から新宿西署にも捜査命令があった。俺はいま歌舞伎町の各組の動きを見張っているが、枝の暴走族も含めて、特に動きはない。マルボウが関わっている可能性は少ないと思うが、三央連合だけは、俺にもわからない。で、あんたに連絡入れたんだ。何か動きはないか」

「黒田さん、いますぐ三鷹の『ハリウッドモータース』という古い修理工場を、何でもいいから理由をつけてガサいれして。都知事を襲った奴がいないまでも、きっと襲撃に使った同型の手榴弾が出るわ。そこは三央連合の武器庫よ。別件でもなんでもいいのよ。物を発見しただけで、黒田さんの手柄になるわ」

芽衣子は早口にまくし立てた。

「まじかよ」

「あんたを陥(おとしい)れても私、なにも得にならないわ。けどあんたが手柄を立てて上の覚えが良くなれば、私のカバーもしやすくなるでしょう。私は、もうしばらく勝手に動くからごまかして。三鷹のハリウッドモータースは今すぐ行った方がいい」

「今すぐと言っても、令状(フダ)が取れないぜ」

「マルボウのやり方があるでしょう、新闘組(しんとう)あたりと貸し借りで」

「ちっ。そこまでやって空振りだったら、今度は俺が、おまえの股に指を突っ込んでやるからな」

黒田が自棄(やけ)気味に電話を切った。

ヤクザにハリウッドモータースの前で、拳銃を発砲させカチコミをかけさせればいい。黒田と数人が尾行していたことにする。

相手がいれば抗争。いなければ逃走。現行犯の目撃なら、どっちでも刑事は中に踏み込める。

事件は起きるのではなく、作るもの。マルボウの合言葉だ。

水道橋駅から飯田橋方向へと歩きだすと、タクシーが駐まっていた。芽衣子は車番を確認した。迎車のランプがついている。後部席のウインドウをノックすると、扉が開いた。

「府中へお願いします」

公安の捜査員回収車輌だ。

第六章　太陽は燃えている

1

「悪いわね。引っ越しまでさせちゃって」

芽衣子は、新しく完成したプレイルームを見渡しながら、桃子に微笑んだ。平日の夕方だ。

「こんなに早く銀座に進出できるなんて思ってもいなかったわ」

桃子が、六条鞭を盛大に振った。ビシッ。風を切る音が、六本木の店よりも格段に響く。内装工事で、いわゆる「鳴りのよい」コンクリート壁にしてもらった。

銀座八丁目の飲食店ビルの四階に『桃宵』はひっそりと再オープンした。毛利を運び込んだ六本木の店が襲われる可能性もあったからだ。

費用は、毛利の隠し金を転用した。ホストクラブ『狂い咲き』はいわばカモのために開かれたゲートウェイだったわけだ。

ＯＬや一般女性の客に緩くあそばせ、次第に泥濘に落としていく。企業内で使える女は、機密の出し子として仕込み、使えそうにない女はＡＶ嬢、風俗嬢、海外売春婦へと順に落としていく。資産家の女が現れると、剝ぎ取りにかかる。裏カジノ、地面師詐欺を駆使し、剝ぎ取る。

そのゲートウェイのオーナーとして、毛利は三央連合の本体から莫大なキックバックを得ていたわけだ。

税務申告はホストクラブ『狂い咲き』の表収入だけで済ませ、現金で得たキックバック収入は、わざわざ縁遠い宇都宮のマンションに隠し持っていた。仲間にすら教えていないワンルームマンションだ。二億の現金をキャリーバッグに小分けしてクローゼットに入れていたのだ。違法行為で入手した現金の欠点は洗わない限り、少額単位でしか使えないということだ。

ヤクザや半グレのカネの溜まり場は、日本中にある。盗難に遭っても、被害届も出せないカネだ。

こいつを撮影した画像をネタに、毛利を脅し芽衣子と桃子で持ちだしてきた。ただし使い方にも工夫がいる。桃子は、馴染みの信用金庫から二億円を事業ローンで借り受けたのだ。返済に、この現金を充てていく。正しい洗浄方法だ。

ラウンジルームに戻ると真新しいカウンターの中で、グラスを一個ずつ丁寧に拭いていた。

「ずいぶんと素直に、働いているじゃない」

芽衣子はからかうように言った。

「なんとでも言えよ。俺は適応力があるんだ」

不貞腐(ふてくさ)れながら言っているが、毛利は自分の現状をよく理解している。逃亡をすれば、撮影された性交動画をネットにアップされ、生涯恥をさらすことになり、同時に、三央連合の追手(おって)に怯(おび)える日々となるだけだ。

ここにいるのがもっとも安全な生き方なのだ。修羅場(しゅらば)をくぐってきただけに、毛利はそのことを充分理解している。また裏切りの離合集散を繰り返すのが悪党の世界では常識である。

「うちらに三央連合を壊滅してもらわない限り、先行きが成り立たないということよね。バーボン。ブッカーズをロックでちょうだい」

偉そうに言ってやる。芽衣子としては、いまだにセックスをしている最中を目撃されたことや指で孔を弄り回された恨みを抱いている。

「わかった。すぐに作る」

酒棚からブッカーズのボトルを引き抜き、円型の氷を入れたグラスに注いで寄越す。先に匂いを楽しむ、バニラの甘い香りがグラスの底から漂ってくる。一口飲む。カッと胃が火照った。バーボンの中ではとりわけ度数が高いのだが、妙なアルコール臭さはない。飲みすぎ注意の酒だ。

「壊滅してみせるけど、毛利クンには、もうひとつ働いてもらうわよ」

壁に掛けてあるテレビをつける。非日常世界であるSMバーに、日常の光景が飛び込んできた。

『俳優の若林颯太さんが都知事選に立候補を表明しました』

夕方のワイドショー。ショートカットのモデル出身のハーフ女性司会者が、涼し気な表情で言っている。

いよいよ、岩切が動きだしてきたようだ。

手榴弾テロにあった小森都知事は、一命こそとりとめたものの、まだ入院中で、都政は現在副知事が代行している。小森都知事は出馬表明しているが、選挙活動すら困難なのではないかとされている。

『若林さんを応援する勝手連が都内あちこちに生まれているようですね。田代（たしろ）さん、これは一種の風頼みの出馬でしょうか』

女性司会者が、大手新聞社出身の政治評論家に聞いている。白髪に銀縁眼鏡の田代勝則（かつのり）がおっとりと口を開いた。

『いやいや、そんなことはないようですよ。僕が調べたところ、若林颯太さんは、芸能活動をしながら密かに大学院に通い政策について学んでいました。一切公表していなかっただけです。CM出演などへの影響を考慮して、政治的な色合いを出すことに配慮をしていたのだと思いますよ。しかし、若林さんは、二年目から、ピタリとそのCM出演を控えていたんです。これはもう三年以上前から、計画していたということですね』

『田代さん、それスクープじゃないですか』

女性司会者が大げさに驚いた顔をしている。

『はい、私の取材では、若林さんは、政党を立ち上げることも考えているようです。現在の小森都知事が立ち上げた『都民第一党』のような地域政党のようですが、今後国政を睨んだ政党に発展させるんじゃないでしょうかね』

田代が訳知り顔で言う。

仕込みだ。司会者もコメンテーターも数日前に岩切からレクを受けたに違いない。

二年後の参院選を待たずに、先に東京を狙ってきたということだ。

正直、浮動票がものをいう都知事選では、タレント候補は通りやすい。民自党や立共党がいかに組織票を束ねようが、知名度抜群で風に乗った候補者には対抗しようがないはずだ。

むしろ民自党は若林颯太に乗る可能性がある。岩切、いやそれは北京の思うつぼだ。女性司会者にアシスタントディレクターから、メモが渡された。

女性司会者は、いったん間を置き、カメラに向き直った。

『いま入ってきた情報によりますと、若林候補者は近く『東京エンタテインメント都市構想』という政策を公表するようです。田代さん、これはどんな内容になるのでしょうか』

田代に水を向けた。

『それは、おそらく東京の現在のビジネス機能に加えて、観光的要素を高めようということではないでしょうか。ニューヨークにはブロードウェイがありロンドンには、ピカデリーサーカスがあります。東京にも日比谷(ひびや)という劇場街がありますが、ニューヨークやロンドンに比べれば規模は小さいです。その辺が新しい東京エンタテインメント都市構想の中核になっているのではないでしょうか』

見事な仕込み方だ。田代に観測気球を上げさせたわけだ。

『なにかわくわくしますね。日比谷を再開発するんですね』

女性司会者が、ひとりごとのようにつぶやいた。名演技だ。

『いや、日比谷とは限りませんよ』

田代が意味ありげに笑ってみせた。ただし銀縁眼鏡のレンズの奥の瞳は笑っていない。さすがにそれ以上は言及しなかった。

日比谷ではない。歌舞伎町だ。それも歌舞伎町二丁目。老朽化するばかりのラブホテルをすべて解体して、一大劇場街に生まれ変わらせる。

岩切と西尾が組めば可能なことだ。

芽衣子は納得した。岩切や北京の目的はカジノだけではないのだ。歌舞伎町二丁目再開発の目玉は劇場街。芸能界の首領(ドン)として、そこを本拠地にするつもりなのだ。

『正式な会見が楽しみですね』

女性司会者がカメラを直視すると、CMに切り替わった。

仕掛けを急がねばならない。

「こっちが勝つために、汗を流してくれるわよね」

芽衣子は、まだグラスに半分残っているブッカーズを毛利に差しだした。

「なにをしろって言うんだ」

「一気に飲んで」

毛利が、鼻で笑いながら、ブッカーズを呷った。さすがはホストだ。涼しい顔をしている。

「酒をたらふく飲ませてほしい相手がいるの」

「素人を酔わせるのに都合のいい酒ならいくらでも知っている」

「頼もしいわね。それと元暴走族としての腕も貸してもらいたいのよ」

芽衣子はドスの利いた声で言った。

「貸して欲しいもなにも、俺は囚われの身だぜ。ご主人様の命令には絶対服従だ。とっくに腹を括っている」

毛利の眼が鈍い光を発した。悪党の眼だ。こういう男は役に立つ。

翌日、芽衣子は六週間ぶりに羽田空港国際線ターミナルへと足を運んだ。

空港は、すでに平静を取り戻していた。爆破事件などなかったような華やかな雰囲気に包まれている。

死にそうになった二階到着ロビーを、もう一度自分の目で検証するべくやってきたのだ。

実行犯を特定し、海外逃亡を許してしまったという段階で警視庁の捜査活動はいち段落してしまっている。

どうも腑に落ちない。

芽衣子は、到着ロビーと入国審査場を隔てる自動扉に立ち、爆弾の入ったキャリーバッグが置かれていた位置を、何度も確認した。

自動扉から二メートルと離れていない。三分以上放置されていたら、警備員が不審に思う位置だ。

毛利の供述で、どうにも気になる部分があった。

芽衣子は、何度も爆発したキャリーバッグの位置と及川茉莉が立っていた位置を見比べた。

さらにロビー内の椅子に腰かけ、タブレットを広げた。捜査支援分析センターからあの日の映像を転送してもらっていた。何度も見る。

容疑者と思われる人物の手の動きは見えない。だが視線がキャリーバッグを向いていることは確認できた。

一旦切り上げ、打ち合わせをすることにした。

エレベーターで四階にあがり『和カフェテリア羽田食堂』へ入る。隅の席で、萩原がすでに、ビールをジョッキでやっていた。

芽衣子は、赤ワインをオーダーした。すぐにやってくる。

午後二時をまわったばかりだ。

刑事だと悟られない方法のひとつは、やたらと酒を飲むことだ。朝だろうが、昼だろうが酒を飲む。誰の目にも酔っているように見せる。もちろん、どれだけ飲んでも、実際には酩酊(めいてい)はせず、しかも全力疾走ができる体力をキープしての上だ。

芽衣子は、ひょっとしたら自分が公安部に吸い上げられたのは、単純に酒が強いからだったのかも知れないと思うことがある。

萩原も酒は強そうだ。

「容疑者は出国したままだ。捜査支援分析センターと税関が一体となって全国すべての空港、港の監視カメラに目を光らせているが、奴らが再入国したという情報はない」

萩原が吐き棄てるように言った。

「もう、顔を変え終えているわね。新たな国籍も取得して、当面は帰国しないわよ。いまとなっては、彼らのことなど、どうでもいいですけど。所詮、彼ら自身が末端の小道具でしかないのですから」

芽衣子も赤ワインを飲み干した。やたら味が尖っていた。

「現場を見た感じはどうだ？」

「容疑者はやはり五秒早く、リモコンのスイッチを押してしまったみたいですね」

「なるほど、そういう見立てになるか」

萩原が、芽衣子の示したタブレットの写真を眺めながら顎を撫でた。

「はい、大臣の動きに幻惑されたのでしょう」

チェダーチーズをフォークですくって齧った。

「で、拉致（パク）るのはいつだ？」

「三日後の夜。有楽町（ゆうらくちょう）で仕掛けます。萩原さんも準備をお願いします」

「段取りを説明してくれ。ここからは太田がチーフだ。俺はアシストに徹する」

萩原が口元のビールの泡を拭いながら言う。

芽衣子は、タブレットのページを読み進めるように伝えた。縦書きの文字がびっしり並んでいる。ぱっと見には電子書籍を読んでいるようだ。

「面白いプロットだなぁ」

読み終えた萩原が、出版社の編集者のような顔つきで言った。

「採用していただけるでしょうか？」

芽衣子は新人作家のごとく頭を深く下げた。萩原が、もちろんだとも、と言った。

2

世間ではすでに忘れられているが、今夜はプレミアムフライデーであった。

有楽町のコリドー街。午後五時の時点で、立ち飲みバー『火宴』は七割の入りだった。男女は半分ずつだ。カップルは少ない。男女とも二人組が多かった。

男客たちの眼はぎらついている。女客の方は、まだ品定めをしている風で、あまり男たちとは視線を合わせようとはしていない。

店内には低く琴のBGMが掛かっている。梅雨が近いというのに、まるで正月のようだ。

毛利清春は久しぶりに檻から出してもらいカウンターで焼酎のお湯割りを飲んでいた。じきに肩を叩かれる。

振り返るとやたらに眼光の鋭い男が立っていた。十歳ぐらい上に見える。

「ハギーだ」

すでに飲んでいるのか、やけに陽気な口調だ。

「ご無沙汰しています。モーリーです」

あわてて由里子に命じられたセリフを言い、お辞儀をした。

「マニラの景気はどうよ。たっぷり儲けてんじゃねぇのかよ」

ハギーが身体をぶつけてくる。二十年来の友のような仕草だ。さしずめ大学か会社の先輩といった雰囲気だ。

「いや、渋いですよ。このところ競合も増えていますから。商売はやりにくくなっています」

命じられた芝居をする。こんなおっさんが共演者だとは思ってもいなかった。

「儲けている奴ほど謙遜するもんだ。まぁいい。今夜のところは俺の奢りだ。その代わり久しぶりに、おまえとナンパでもしようじゃないか。なぁマスター。金曜の夜はこれからだろう」

と、円形カウンターの中にいるバーテンダーに、ワインを注文した。

「もうじき、着替えを終えたＯＬさんたちが押し寄せてきますから、頑張ってください。場所柄、霞が関の女性も多いです。役所勤めの人ほど、着替えると派手になるので、すぐにわかります」

マスターと呼ばれたバーテンダーが親指を立てる。毛利と同い歳ぐらいだ。

日比谷や銀座の立ち飲みバーは、今やＯＬが率先してナンパ待ちをしているホットスポットであることは、ホストとして毛利も当然知っている。アマチュアに混じっての戦いになるが、プロの誇りにかけて、成果を上げねばならない。

「マスター、ナイアガラワインはある？」

毛利は聞いた。

「お客さん、渋いところ突きますね。ありますよ、ナイアガラワイン」

ナイアガラとは、ニューヨークの葡萄だ。ホストクラブというより、あくどいボーイズバーでひそかなブームになっている。

「できれば山形産『うす濁りワイン』があれば、そいつがいい」

さらに注文をつける。マスターの眼が光った。

「お客さん、酒の扱い方は知っていますか？」

ほんの少し片眉を吊り上げている。やんちゃをしていた時代がある表情だ。

「酒の飲ませ方に関しては、プロだ。店に迷惑をかけるような真似はしない。俺の仕事場は東京じゃない。マニラだ。だからここには二度と来ないだろう。それでどうだ？」

毛利は小声で仁義を切った。もちろん小声でだ。

店にとって困るのは、急性アルコール中毒者を出されたり、客にいきなりゲロをまかれることだ。素人に劇薬酒を任せるとろくなことはない。

「作法をわきまえた方とお見受けしました。なら、こちらも協力します。サインをください」

「助かるよ」

水商売同士、気脈が通じた。やり取りを終え、毛利はハギーの顔を見た。

「さすが相棒だ」

十五分ぐらい台本通りの会話に興じた。かつて同じ貿易会社で働いていたように見せかけた。酒は白ワインに切り替えた。ごく普通の白ワインだ。お互いの名前も森山（もりやま）と萩野（はぎの）にした。モーリーとハギーだ。

「来たぜ」

ハギーが入口の方へ流し目をくれた。

精悍な顔立ちでスタイル抜群の女がふたり入ってきた。どちらも身長は一六五センチほどある。ひとりは黒髪のロングヘアー。シルキーホワイトのワンピースに黒のカシミアカーディガンを羽織っていた。もうひとりは同じく黒髪だが、ショートヘアー。身体のラインが丸わかりのブルーのニットワンピースを着ていた。どちらも二十代後半ぐらいだ。

「あの子たちは？」

毛利がマスターに聞いた。

「七丁目の化粧品会社に勤めているそうですよ。月に一度は来ます」

「名前は？」

「まぁ、目的が目的ですから本名は名乗りませんよ。ロングヘアーの方が宇波夏子（うなみなつこ）。ショートヘアーの方が深田雪恵（ふかだゆきえ）って言っていますが、本当かどうかは知りません」

「なるほどそうきたか」

ハギーが納得したように頷いた。

「セットしてくれないか」

毛利はマスターに頼んだ。

「わかりました。それとナイアガラですね」

マスターが小さく親指を立てながら、カウンターを出て、入ってきたばかりのふたりに話しかけている。

すぐに毛利たちの横に案内してくる。

「こちらが、フィリピンの商社にいる森山さんと、その先輩の萩野さんです。たまたま日本に戻ってきたところだそうです」

上手い振り方だ。

行きずりの夜を求める女たちは、できるだけ後腐れのない相手を選びたがる。海外勤務の短期来日の男ほど、手ごろな相手はいない。ハギーもこの際、同じ立場にされたということだ。

「はじめして、私、宇波といいます」

ロングヘアーの方が、先に挨拶をしてきた。柑橘系の香水をたっぷりふりかけている。

「私は深田です」

ショートカットの女も満面に笑みを浮かべている。

ふたりの女を毛利とハギーで挟むように立った。

「俺たち、明日の夜にはマニラに帰るんです。この店なら御馳走しますよ。日本円、使い切りたいし」

後腐れない感を思い切り出した。

「まぁ嬉しい。私たち、酒飲み女なんですよ。いいですか？」

宇波夏子の方が、肩を竦めて言う。

「平気です。お酒だけではなく食事もどうぞ。って、立ち飲みバーで、偉そうにすみません」

毛利は、謙虚さを強調した。

「それなら私たちもワインをいただきます。それ白ですね？」

夏子が、毛利のワイングラスを見やった。

「これ、てんで軽いんです」

「あら、スターターにはその方がいいわ」

横から雪恵が口を挟んできた。

「甘口で、僕らにはちょっと軽すぎです」

ハギーが答える。ナイアガラとは言わなかった。賢明だ。いまどきの女はすぐにスマホで検索する。

「同じものを。それとお刺身の六種盛りを」

毛利が間髪を容れずにオーダーした。マスターも素早くワインボトルをカウンターに置き、栓を抜いた。

ふたりのグラスにワインがなみなみと注がれたところで乾杯した。

「ふわぁ〜。まるで葡萄ジュース」

夏子が目を丸くした。

「ホント、これ、お酒じゃなくない？」

雪恵も首を捻っている。

「お酒飲みには物足りないかもしれませんね。でも、食は進みます」

毛利は自分の手元にボトルを引き寄せた。あまりみられたくない。

「たしかに。これ食前酒って感じ」

夏子が一気にグラス半分ほど飲んだ。

刺身の盛り合わせが置かれる。これで日本酒感覚で、白ワインが進む。

「お互いを詮索するような仕事の話はやめましょう」

毛利が会話をリードする。

「森山さんたち、お泊まりはどちらですか？」

夏子が聞いてきた。ホテルのグレードで、こちらの程度を推し量るつもりらしい。

「すぐそこですよ」

日比谷の方を指さした。

「インペリアルですね」

「はい」

ハギーが相槌を打つ。

「私、オールドインペリアルバーで飲みたいわぁ」

雪恵が言いながら、ハギーにしなだれかかった。エロい女だ。ホストのプロファイリングからひもとくと、かなりストレスのたまる職種の女だ。

化粧品会社勤務などと言っているらしいが、実際は銀行員か公務員ではないか？

「じゃあ、ここで飲んだら、オールドインペリアルバーで飲みなおすかね」

ハギーが雪恵の腰に手を回し、軽く尻を撫でている。ホストなら、もう少し酔わせてから手を出すのだが。

「ワイン、もう一杯いけますか？　それとも、他のお酒に変えますか」

毛利は、ナイアガラワインのボトルを手酌でやりながら、夏子にも勧めた。自分のアルコール免疫には自信がある。テキーラでもショット十杯ぐらいなら、どうってことはない。ウォッカもボトル半分までなら、揺らぐことはない。寿命がどこまで縮まっているかは知らないが、とりあえず現状、酒にはめっぽう強い。

「あ、そのワイン、フルーティですから、もう一杯いただきます」

夏子が目を細めて、グラスを差しだしてきた。盛り上がったバストが毛利の腕に触れる。この女は溜まっているというより、本性として男が好きそうだ。

スケベめ。

毛利は、胸底でそう呟きながら、丁重にワインを注いでやった。雪恵もグラスを差しだしてきたので、こちらにもたっぷり注いでやる。

三十分ぐらいたったところで、下ネタを振ってやる。

「医者に聞いたことがあるんですけど、性感帯というのは、医学的には存在しないんだってね」

あっけらかんと言ってみる。一種のリトマス試験紙だ。

「えっ、じゃあ、あちこち感じるっていうのはどうしてなの？」

夏子が答えて、しまったという顔をした。酔って理性のタガが緩み始めているようだ。押しどころだ。

「夏子さん、腰の括(くび)れでしょう」

「えっ、私、違うわよ」

夏子の眼の端が赤くなった。だが、腰を捻ってみせる。自慢のポイントらしい。

その時、身体が大きく揺れた。「えっ、うそ」と言っている。自分の意識以上に、足元がふらついているということだ。

夏子の向こう側、雪恵を見やると、もはや完全にハギーの分厚い胸に半身を預けていた。立っているのが精一杯のようだ。ハギーが雪恵の形の良いヒップを撫でている。いかにも中年オヤジらしいいやらしい手つきだ。だが不思議なことに、この露骨な攻めが効いている。雪恵もみずからハギーの太腿に手のひらを這わせている。明らかにOKの意思表示だ。

酔わせて、外に連れだすまでが、俺たちの仕事じゃないのか？

毛利は、芽衣子にそう言われて、この店にやってきたのだ。やってもいいのか？そう思ったもののホストとしては金にならないセックスに興味はなかった。一擦り一万円。往復で二万円。これが毛利の「擦り代」だ。

「腰の括れじゃなければ、夏子さんは、膝頭とか脹脛（ふくらはぎ）じゃないですか？　脹脛美人ですよ」

「そんなところを褒められても……」

嬉しくないわよ、という目をしながらも、夏子は左足を軽く上げた。ぐらりと身体が揺れる。

「あっ」

夏子が真横に倒れそうになる。ここだとばかりに毛利は、夏子の上半身を抱きしめた。カーディガンとワンピースの下から体温が伝わってくる。熱い。見ると顔も真っ赤に染まっている。だが、両手が嗅ぎ取った夏子の背中や腕の感触は固い。それはまさに鍛え上げられた筋肉だ。

こいつら何者だ？

ジムに通って作ったにしても立派すぎる。毛利は訝しく思った。

「マスター、これで足りるかな」

ハギーが長財布から万札を抜きだし、カウンターに置いている。ざっと十万。つけた伝票の倍額はあるだろう。マスターは恵比須顔だ。

「毎度あり」

「じゃあ、次の店に行こうか」

ハギーが雪恵の肩を抱きながら出入口へと向かっている。何気に、体にぴったりしたニットワンピースの上からバストを揉んでいやがる。

「あのワイン、強敵だわ。後から効くのね。わざと勧めたんでしょう」

夏子が上目遣いに睨みつけてきた。身体を絡ませながら表通りに出た。

コリドー街の前の道は、サラリーマンとOLの声でさんざめいていた。

「いや、俺はなんともなかったもんだから。悪意なんてないですよ。バーで、水をたくさん飲んで一息入れましょう」

ハギーと雪恵が先頭になって歩きだした。五メートルほど歩いたところで、突如ハギーが後方を振り返った。

「もう歩くの面倒くさいや。タクシーで行こう」

バブル時代のオヤジのように一万円札をひらひらと振っている。

たった四百メートルほどの距離だが、その方が手っ取り早いということだろう。

すっとシルバーのアルファードがやってきた。

「白タクみたいだがいいだろう」

ハギーが雪恵の身体を抱いたまま乗り込んでいく。毛利も夏子と共に乗り込んだ。

向かい合わせの客席だった。毛利と夏子が運転席に背を向けて座る。眼前のハギーは雪恵のバストをワンピースの上からダイレクトに揉んでいた。品がない。

「悪いがインペリアルホテルまで頼む」

「畏まりました」

女性ドライバーの声だった。アルファードが動きだすのと同時に雷鳴が轟き、ゲリラ豪雨が降ってきた。

アルファードがワイパーを全開にして、飛びだした。左手に目的のホテルが見えたが、直進し日比谷通りを左折する。

本館の正面に乗り付けるのだ、と毛利は思った。右側には日比谷公園の闇が広がっていた。その向こう側に霞が関のビル群が広がっている。まだあちこちに明かりがともっていた。

アルファードは速度を落とす気配はなかった。芝公園方向へと疾走している。

「ちょっと、ホテルを通り過ぎてしまったじゃない」

夏子が、コメカミを揉みながら、真後ろになっているドライバーシートに振り返りながら言った。ドライバーは無言だ。黒縁眼鏡に白いマスクをかけている。二月以降、マスクを取っていない人々が多い東京だった。

「あらっ」

雪恵も大粒の雨に煙る霞が関のビル群を見つめながら、顔を引きつらせた。ハギーがその雪恵のワンピースをいきなり捲り上げた。

キャミソールごと捲ったようで、白のパンティと素肌の腹部が現れた。腹部の筋肉が見事に縦に割れている。毛利は目を瞠った。ハギーはかまわず、パンティの中に右手を差し込んだ。スナップを利かせている。

「はぁん」

雪恵の足が伸びた。凄い勢いで指ピストンし始めた。

「モーリー、おまえも早く、その女を剝いてしまえ」

ハギーが鬼の形相で言っている。

「あんたら」

夏子が、いきなり肘を打ってきた。わき腹を直撃された。鉄のハンマーを打ちこまれたような衝撃だった。

「うっ」

ドアまで飛ばされた。

「この女が！」

ハギーが革靴の爪先で夏子の脛を蹴った。

「あぅう」

夏子が悲鳴を上げて、膝を抱えた。脛から血が滲んでいる。

「次に暴れたら、この安全靴で膝の皿を叩き割るぞ」

ハギーの革靴は鉄板入りということだ。毛利は、わき腹をさすりながら、夏子の横に戻った。

「くっ。あなたたちは、いったい……」

夏子が、何度も頭を振りながら、ハギーを睨んでいる。

「いいから、パンツを脱げ。殴られたくなかったら、到着するまでオナニーをし続けろ」

この男、三央連合の西尾と並ぶほどの極悪さだ。

アルファードは土砂降りの日比谷通りを御成門(おなりもん)に向けて疾走した。右手に東京タワーが滲(にじ)んで見える。

3

「許してください。お願いします」

M字開脚し、必死にオナニーをつづけながら、谷口彩夏が、涙目で懇願してきた。

芝浦の倉庫だ。雨が、かまぼこ型の天井を激しく叩いている。

彩夏の両足首にはそれぞれ鉄の鎖が巻き付けてあった。ブルンブルンと二台のハーレーダビットソンがアイドリングする音が倉庫内に響いてる。鎖の尖端が左右に伸びてこの二台に括りつけられているのだ。乗っているのは、萩原と毛利だ。

オナニーを止めたら、股裂きにする。

その真横で、秘孔に極太バイブレーターを差し込まれ粘着テープで固定されてしまった杉崎美雪が身体をくねらせていた。両手は後ろ手に縛ってある。バストの頂にも振動したままのローターを粘着テープで貼ってあった。

「あぁああ、もうダメです。身体が爆発してしまいます」

美雪はもう何十回も昇天しているはずだ。女にとって昇天に次ぐ昇天ほどつらい責め苦はない。

「なにが、夏子に雪恵よ。このスケベが！」

芽衣子は、ふたりの顔に、ホースで冷水を放った。洗車用のホースだ。拳で殴るよりも痛い。

「あぁああ！」

「いやあああ」

左右の頬にそれぞれ放水する。ふたりとも美貌がさまざまに変化した。どれだけ仕打ちをしても足りることではない。このふたりの同僚ＳＰがリモコンの押し手だったのだ。

SPならば、大臣につくことによってさまざまな極秘スケジュールを探ることができる。

守秘義務だらけのSPはストレスが溜まる。身分を隠して男漁りをしたくなる気持ちもわからないではないが、捕まった相手が悪かった。

芸能人だ。

岩切は女性タレントの卵をマスコミや政財界への枕要員に使っていただけではなかった。まだ無名の男性タレントの卵たちも、大手企業のOLや女性公務員をナンパするために大量に町に放っていたのだ。ふたりは男側からのハニートラップに引っかかっていた。一年前のことだ。一度弱みを握ったらとことん使うのは、極道も工作員も同じだ。

「キャリーバッグを爆破させたのは、どっち?」

芽衣子は、ウォッカを呷りながら聞いた。桃宵にあったポーランド製のスピリタスだ。九十六度。アルコール原液に近い。

「私です」

美雪が、苦悶の表情で声を上げた。

「リモコンは、特殊警棒の柄についていたのね」

空港の防犯カメラにはそこまで写ってはいなかった。だが、美雪の微妙な手の動きでわかった。

「はい。それが一番いい位置だと思いました」

「キャリーバッグを置いたのは？」

「ダイナマイトプロの役者です。工作員でもあります。あのプロダクションにいるタレントの半数は工作員です」

美雪が諷った。なんということだ。それならいくらでもプロパガンダができる。叩き潰すしかない。

「私の後任として及川大臣につき、大臣の行動予定や聞きだした情報を、岩切に報告していたのね」

「そ、そうです。あぁあああ。またいくぅう」

「パーキングタワーを爆破させたのは谷口でしょう」

芽衣子は彩夏の方を向いた。後方の車に乗ったのは谷口だった。

「はい……」

「それは何のため」

萩原と毛利が競い合うようにアクセルを吹かした。萩原は白バイ隊に所属したことがあり、毛利は元暴走族だ。腕を競い合いたい気持ちもわかる。ふたりがほんの少しだけハーレーダビットソンを前進させた。

「あぁ、引っ張らないでください。裂けちゃいます」

彩夏の眼球が高く上がったように見えた。恐怖の極致にいるようだ。それでも懸命にクリトリスを人差し指で擦っていた。快楽を得ることで、いくらかでも逃避しているようだ。

「もともと、そこは裂けているでしょうが！」

芽衣子は、彩夏の額のど真ん中に鉄砲水を放った。銃弾なら即死だ。彩夏の額が押され、顎が上がった。

「ぁあああ！　及川大臣の車が出発したのを、待機していたバイクに知らせるためです。同時に機動隊がそっちに向かうように仕向けるためです」

「それは、谷口自身の考えよね」

SPならば、そういった全体の配置の動きも知る立場にある。まったくとんでもない部門にウイルスを仕込んでくれたものだ。

「はいそうです」

「ふたりとも、そこまでやるとは、ご褒美はなんだったのかしら？」

芽衣子の問いに彩夏が頬を赤らめた。恥ずかしそうに下を向いて言う。

「イン・チョンバクとやらせてくれると言われて」

最低だ。インは人気の韓流俳優だが、軍隊で鍛えた裸体が美しいことで知られている。

ベッドの前に大型ポスターを貼ってオナニーをしている女が大勢いるという。ポスターを射潮(しお)で濡らしてしまうので、同じものを何枚も購入するのだそうだ。世も末だ。

「杉崎は？」

「私は、トウキョウ・ストームの桜沢翔太(さくらざわしょうた)さんの専用愛人にしてもらえるって。SPなら隠密行動のプロだから最適だと聞かされて引き受けちゃいました」

美雪もはにかみながら言った。どうしようもない。

トウキョウ・ストームは人気絶頂のアイドルユニット。桜沢はその中でも王子様キャラで知られている。

「しょうがねぇ、スケベどもだな」

萩原がうなった。

「自制心に関する訓練が足りなかったようね」

ＳＰとはいえ、男に発情はする。やらせてもらえるのなら、自分から腰を振りたくなる男だってたくさんいる。

岩切隆久は、その辺の心理を突くのが実にうまかったということだ。

「菅沼官房長官を襲撃させたのもあなたね」

永田町のホテルでの暴漢事件のときにも、谷口はあのホテルにいたのだ。菅沼が出るタイミングを襲撃担当に知らせたに違いない。

「いえ、それは違います。私はあの日、東山美恵子先生についていただけです。そもそも菅沼官房長官がなぜ赤坂見附側の正面玄関から出たのか、私にもわかりません。私は、あの日、岩切社長から何も指示されていませんでした」

「なんですって」

芽衣子は彩夏の瞳を覗き込んだ。瞬きが速いが、この期におよんで虚言を弄する（ろう）とは思えない。

「東山美恵子と岩切隆久は四十五年前に歌舞伎町のキャバレーで繋がっていたのよね？」

核心を聞いた。

「はい。東山先生が、一度だけレコードを出した時があったそうです」

彩夏が荒い息を吐きながら答える。

「ネットで、経歴を読んだことがあるわ。『レッドライト新宿』でしょう」

「そうです。その時キャンペーンの一環として、歌舞伎町のキャバレーに三日間だけ出演したことがあるそうです。ブッキングしたのが岩切社長です。しかもレコードを五千枚も買い取ったそうですよ。その後、東山先生に政界進出を促し、以後、岩切社長は、裏からサポートしていると。帳簿に載らない選挙資金や与党内の根回し資金も岩切社長が用立てています。それは、三浦瞬子議員に関しても同じです」

「その代わり無名から有名にしたタレントに、政策や政治家としてのセンスを身につけさせるためのアドバイス役が東山美恵子だったということね」

「三浦瞬子先生が政治家として順調に成長したことで、ふたりは自信を深めたようです」

岩切隆久も東山美恵子も八十歳の齢(よわい)に達する。そろそろ民自党を乗っ取るための仕上げに入ろうということだろう。

「岩切に指示を出している北京の連中はどこにいるのよ」

「いえ、それは本当に知りません」

萩原と毛利がまたバイクを前進させた。

「いやぁあああ。これ以上引き裂かないで！」

彩夏が泣き叫んだ。潮が飛び散った。

「その岩切も、芸能プロダクションの稼ぎだけで民自党の派閥を支え切れるわけでもないでしょうよ」

今度は美雪に向かって聞いた。

「マニラで西尾真人が特殊詐欺で稼いだお金が、澳門で洗浄されて日本に入ってくるんです。もちろん北京の組織が加担しています」

膣中で淫爆を繰り返し何度も痙攣を起こしている美雪が喚くように言った。ふたりは知っている限り情報を早口でまくし立てた。

「岩切社長の隠れ家は箱根です！　ぁああっ、もう私、本当に裂けちゃう」

彩夏はそう叫ぶと、とうとう絶入（ぜつじゅ）した。

芽衣子は片手を上げて、バイクのふたりを制した。

「こんなところね」

「そうだな」

萩原がエンジンを切った。毛利も従った。彩夏が指の動きを止め、ぐったりと床に横たわった。

芽衣子は、美雪の股間から粘着テープを外した。ヌルリと極太バイブが抜け落ちる。湯気が上がっているように見えた。

「帰ろうか」

芽衣子は放水を止めた。

「この女たちは、どうするんだ？」

バイクを降りた毛利が聞いてきた。

「このまま放置。回収班が迎えに来るの。それは私もハギーも知らない人たち」

やってくるのは、公安特殊監察官だ。

谷口彩夏と杉崎美雪は、生涯、警視庁の監視下で暮らすことになる。毛利は知らなくてよいことだ。ストレス発散のために寄った立ち飲みバーでナンパされ、つい発情してついていった結果、人生を棒に振ることになったわけだ。

「俺はこれからどうなる？」

毛利が不安そうに頰を強張らせた。

「ある場所で訓練を受けてもらうわ。その訓練が終わるころに、歌舞伎町にあなたの戻る場所を用意しておくから」

「訓練……まさか」

「そう、そのまさかだ。かっこいい半グレからしょぼい公務員に転落してもらう」

顔面蒼白になっている毛利に萩原が、そう言って肩に腕を回した。

「そっちの世界ではイヌとかって呼ばれるらしいわね」

芽衣子は倉庫の扉を開けた。雨は上がり、暁の空が見えた。

4

闇に紛れ、高さ二メートル五十センチの塀を乗り越え裏庭に飛び込んだ。クッションスニーカーのため、音は吸収されていた。

芽衣子は黒のダイバースーツにリュックを背負っていた。

スーツの下にはプロテクターを装着している。

芝生（しばふ）に膝を突き、赤外線レンズ付きのゴーグルで、芝生の庭園内を見渡した。三百坪の敷地の中央に屋敷がある。

白煉瓦の円形の建造物はさながらミュージアムを思わせる。

それもそのはず元は老舗出版社の保養所であった。十二年前のデフレ期、出版不況にあえぐその老舗出版社から時代劇俳優の西園寺光宗（さいおんじみつむね）が、破格の値段で購入していた。購入資金を調達してやったのは、提携するプロダクションの社長、岩切隆久である。

岩切は、こうした物件も決して自分の名義では購入しない。不動産ばかりではない。書画骨董なども芸能人の名義で購入している。完全にコントロール下に置いているので、それでいいのだ。岩切は、黒幕としての徹底ぶりがうかがえる。

事実上、岩切の別荘であり、要人用の迎賓館として使用している。西園寺光宗は、目の前を通る者が『ここが、俳優の西園寺光宗の別荘よ』と羨望の視線を向けることで大いに満足していることであろう。芸能人の心理を熟知した岩切の思うつぼだ。登記資料の第一抵当権者がダイナマイトプロであることをファンは知らない。

八十八を超えた老優が鬼籍に入れば、次は若林颯太が購入したことにでもするのであろう。

東京都知事の箱根別邸である。

岩切の首を取るしかない。

一階の窓辺から明かりが漏れていた。テラスが張りだしている。陽気の良い日は、岩切と西園寺がデッキチェアに座り、葉巻の煙を燻らせながら団欒しているのだろう。

だが、いまはそのテラスには、男が立っていた。黒のスーツだ。三央連合の武闘派だ。

芽衣子は芝生の上を匍匐前進した。手首に巻いたゴムベルトに注射器を挟んでいる。フルニトラゼパム。かなり強い睡眠導入剤だ。

闇の中を這い、テラスから二メートルぐらい離れた壁にたどり着いた。円形という構造が逆に死角を生んでいる。壁に背を付けながら、忍び足でテラスへと回り込んだ。

窓から漏れる光が男の背中をくっきり映していた。背後から接近し、グローブをした手で口を塞ぐ。

男が驚愕に眼球を浮き上がらせ、痩身を揺らした。背後からしっかり口を押さえ込んだまま、足払いをかける。男は、窓明かりの外の闇に転倒した。

「あうっ」

開きかかった口に膝頭を落とす。声封じと顔面ダメージの両方を狙うにはこれだ。

「んがっ、はうっ」

男は叫び声を上げたが、外には通らなかった。前歯がへし折れる音の方が大きく聞こえた。

二発、三発と続けざまに打ち込む。ダイバースーツの膝には鉛入りのプロテクターを付けていた。口と鼻梁を打ち砕くと男の顔は日の丸になった。

男が放心している隙に、腕を捲り、静脈に注射器で睡眠導入剤を打ち込んだ。最低一時間は眠っている。

テラスに這い、窓の縁から中を覗く。

暖炉の前のソファに半円を描くように四席の大型ソファが並んでいる。ソファが巨大すぎて、座っている人物の全貌が見えなかった。

背中のリュックを降ろし、コンクリートマイクを取りだした。吸盤の付いたマイクをガラス窓の縁に貼り付け、その場を離れた。イヤホンを付けた。ブルートゥースで二十メートル四方まで飛ばせる高性能マイクだ。

暖炉の前の人物たちの会話を聞きながら、円型建築の屋敷を半周しながら正面に回ることにする。

『澳門のイメージの悪さをモナコで払拭するという案、ほぼ順調に進んでいるようですな』

岩切の野太い声だ。

『いやいや、ラスベガスが東京から外れてくれたら、それでいいんです。モナコは敵ではありません。そもそもわが国に大使館もないんですから』

女の声だ。やや甲高い声。東山美恵子だ。

『美恵子姉さん。そう言わんでください。モナコが入らなくては、カジノ自体、前に進めない。タイミングは次とその次の政権ぐらいしかチャンスはないです』

官房長官の菅沼重信の声だった。やはりそういうことだったのか。芽衣子は息を呑んだ。

『石坂さんは、いつ頃、退陣ですかな』

また別な声がした。知らない声だ。

『奥村さん、次が親中派ということはありませんよ。石坂さんの後を継ぐんだ。とりあえずは親米嫌中路線を継承する人物となる。我々の準備が整うまでは、その方が仕事がしやすいんです』

菅沼が言っている。

奥村？

芽衣子は素早く、記憶をたどった。

奥村信夫。香港のゴールデンゲート映画の日本代表。親子二代の華僑マフィアにして、北京情報機関の工作員でもある。

いよいよ司令塔も交えての会談ってわけだ。芽衣子は耳を澄ました。

『それでいいでしょう。皆さん自体も親米派と思われていた方が、隠れ蓑になる。その間に、東山派と新党で、着々と地歩を固めていただければいいのです。目指すは五年後ぐらいでしょうか。我々が歌舞伎町もお台場も横浜も仕切ります。あわよくば、宮崎も熱海もです。そこまで段取りをしてくれれば、皆さんの今後は、北京が責任を持ちます。中国人は、井戸を掘った人を決して忘れません』

奥村がそう言った。

芽衣子は正面に出た。

屋根付きの車寄せがあった。

その前にメルセデスの大型セダンとクラウンが二台、駐まっている。三台とも色は黒。メルセデスは岩切の車であろう。奥村が同乗してきてもおかしくない。

運転手の姿は見当たらない。屋内の詰め所にいることだろう。

国産車二台の車番照会を、萩原に依頼する。十秒で返信があった。

【三央ハイヤーの所有車だ。今夜のふたりのスケジュールは終日静養となっている】

公用車ではなく、しかも静養日。つまりSPもついていないということだ。

鉄門扉の脇にビッグスクーターが数台、駐められている。三央連合のスクーターだろう。バイクより別荘地の景色に溶け込み、エンジン音が低い。

ソプラノの声が入ってきた。

『これまでの歴史だと、長期政権の後は必ず短命が続くことになるの。持って一年半。早ければ半年。総理はくるくる変わるわ』

まもなく八十歳だというのに声は、若々しい。アニメの少女役の声優が務まりそうな声質だ。東山がさらに声を張り上げた。

『そこが、狙い目よ。倒れる直前の総理にカジノ候補地決定を発表させて、一気に共同事業体（コンソーシアム）も発表してしまいましょうよ。その代わり、党内への影響力が残るようにわが派が担保する』

『芸能界も、その総理を応援しますよ。引退後はテレビ出演を増やして、人気を煽って差しあげます』

岩切の声だ。

『わかりました。それでは、石坂総理の引き際と次期総裁は、最大のライバルに譲るように進言します。難問は霧原正樹にでも預けましょう。彼なら退陣間際に手を差し伸べてやれば、カジノの開業地を、予定よりも早く決定すると思います』

菅沼が明言した。

あえて本命の後継を温存し、ライバルを先に立たせて潰れを早くする戦術だ。その後を盟友の五十嵐潤三あたりに回すのだろう。

『菅沼さんは、石坂さんの三度目があると踏んでいるのでしょう』

奥村の声だ。

『えぇ、可能性は七十パーセント以上あると思いますよ。当面、誰がやってもダメな状態が続きます。三年もすれば、石坂待望論が生まれますよ。あの八年はよかったと。政権を降りたのは失政ではなく、新型ウイルスによるもので、アンラッキーだったということにすればいいんです』

菅沼が淡々と答えた。

『長官は？』

東山が聞いた。

『私も、当面、政権の中枢から離れます。カジノ候補地決定なんてややこしいことは、別な政権でやってもらいたい。パチンコ業界との諍いを想像しただけでもうんざりします』

利権だけ確保して、汚れ役は政敵に被せる気なのだ。

『モナコの衣(ころも)を被ることは、すでに北京の合意を得ています。まずは横浜はモナコが主体で澳門はサポートということにしましょう。うちらは実利が取れればいい。澳門は単独では撤退したと表明しましょう。評判が悪すぎですからね』

奥村の笑う声がした。

初めから中国は悪役を買って出ていたということだ。

『モナコ側も承知しています。彼らは最初から自分たちの公国としてのイメージ料さえ払ってくれればいいと言っているんです。実質的な運営は澳門のスタッフ中心でかまいません。カジノから上がる果実は、澳門が食べてください』

これは菅沼の声だ。

『及川さんが都庁に出向いたときに、小森さんもモナコでいきましょうと言ってくれればよかったのにねぇ。ラスベガスに拘るから排除しなければならなくなったんだわ。あら、「排除」は小森さんお得意のフレーズだったわね』

東山が言った。ビスケットを齧る音と一緒だ。モナコは菅沼が、どうにでもできるということなのだ。

それを悟られないために菅沼はわざわざ、グランド首都ホテルで暴漢に遭ったと考えると辻褄が合う。及川茉莉とともに澳門推進派から忌(い)み嫌われているという仮面を被るためだ。

自分が与り知らないところで、カジノの候補地や開業が決定された後に、菅沼はまた政界の舞台回しの役に復帰する気だ。芽衣子は悪寒を感じた。

『党の名前は『東京躍進党』とします』

こいつら、全員潰すしかない。

『やむを得まい。小森都知事は、ラスベガスありきでカジノ推進派にまわったわけですからね。その一代前の都知事なんかは反対派だった。だから私らは横浜でいこうと決めたんじゃないですか。それなのに、四年前、いきなりあのおばちゃんが出てきて、台場を候補地に手を挙げてきた。これは計算外だった。どのみち排除するしかなかったんだ』

奥村が割って入った。中国の工作員も前都知事が公費の私的使用などというバカげた理由で失脚するなどとは読み切れていなかったということだ。

岩切が恭しく伝えた。

『若林都知事が誕生したら、まず歌舞伎町を変えましょう。その政策はわが派の有能なブレーンが授けるわ。まず劇場を造って文化のイメージを発信してから、お台場に着手よ』

『いずれ『日本躍進党』にあらため、国政選挙に進出します』

岩切がきっぱり言った。

『その頃にはわが派は三浦派に衣替えです』

『女性初の総理は女優出身ですか。ようやく親中派の政権が誕生しますね』

奥村が聞いた。

『バカね。そんな見え見えなことしないわよ。今回の功労者は及川茉莉さんよ。彼女にうちの派に来ていただきましょう。あの子、私が仕込んだら、総理まで昇れる器(タマ)よ。熱海が地盤というのも美味しいし』

東山美恵子が興奮気味に菅沼や他の三人に告げている。

『まぁまぁ、美枝子お姉さん、そう先走らないでください。彼女は、何も知らないから、必死に走れたんですよ。最初(はな)から私の肚を知っていたら、あそこまで真剣にモナコを擁護したり三浦瞬子君と激論を交わしたりはできなかったでしょう』

菅沼はどこまでも淡々としている。あの男の能面のような顔が、芽衣子の脳内に浮かんだ。永田町一の策士。ありとあらゆる情報を集め、瞬時にして最善の戦略を練り上げると評される男だ。すべてがこの男の手の中で踊っていたことになる。

『あら、三浦だって裏は何も知らないんですよ。私が、中国映画界の懸け橋になれるのはあなたしかいないって焚きつけていたから、マジ頑張っていたのよ。もともと単純な子だから』

『まぁまぁ、美恵ちゃん。あんまり楽屋話をするのはよそうや。若林が都知事になったら、とにかくラスベガスもイメージが悪いと喧伝させるからさ。先にブロードウェイ計画だと』

と岩切の声。そこに奥村の声が重なった。

『歌舞伎町劇場街の中核には、ぜひ中華劇場(チャイニーズシアター)をお願いします。中国企業に法外な費用でネーミングライツを引き受けさせます。目の前の通りにスターの足形を並べるといいでしょう』

なるほど、これは大きな印象操作になる。

ハリウッドのTCLグローマンズ中華劇場と同じ発想だ。グローマンズ劇場は、百年前に米国人興行師が『ハリウッド映画に出てくるドリームチャイナ』をイメージして建てた中華風劇場であるが、完全なアメリカ製の劇場である。ところが二〇一三年、中国の家電メーカーTCLがネーミングライツを取得してしまったのだ。

そのため、歴史を知らぬ人間には、まるで中国人が建てた劇場という印象を与えている。覇権主義的な中国共産党の巧みな印象操作だ。ちなみにアカデミー賞の授賞式はこの劇場で行われている。

ようやく中国の工作手口が読めてきた。

政界と芸能界を接近させると、さまざまな印象操作が可能になるということだ。これは、フェイクニュースなどより政治的意図が見えず、遥かに大衆に浸透しやすいプロパガンダとなる。

岩切が感慨深げに言った。

『この国は、空から見たらいまだにアメリカに占領されているのと同じなんだ。ロシアや中国から見たら、日本という軍艦が浮かんでいるようなものだ。俺たち戦中生まれはね、子供時代は占領下で暮らしたんだ。ギブミーチョコレートと言って、道路に散らばったチューインガムやチョコレートを拾った屈辱をいまだに忘れてはない』

『首都圏の空域が米軍優先にできているっておかしいわよね。自国の民間航空機がすべていったん内陸から出て海の上を飛ばなきゃならないってふざけた話よ。それがなければ羽田―伊丹(いたみ)は二十分なのに』

東山がまくし立てた。

戦中派世代のご苦労はわかる。けれども、その首都圏の空域を米軍戦闘機が悠々と飛び回っているから、この国は侵略されずにすんでいるのだ。クラーク、スービック基地を撤退させたフィリピンを思い浮かべるとはっきりする。すぐに中国の軍艦がやってきて、勝手に南沙諸島（なんさしょとう）に人工島を作り始めたではないか。

第二次世界大戦後のイデオロギーによる論争はすでに終わっている。世界は再び大国同士の覇権争いに突入しているのだ。理想主義を振りかざしていては、自分の家を奪われることになる。

背後で、空気が縺れるのを感じた。

「うっ」

次の瞬間、息がつまった。背中を蹴られていた。芝生の上に這いつくばり、身体を捻って見上げると、長身の男が立っていた。

手には消音器付きのトカレフを握っている。

芸能界全体の警備担当、三央連合の総元締めのお出ましのようだ。

5

「西尾真人ね。直々の警備、ご苦労さま」

星のない墨色の空を背負って立つ男を睨めあげながら、芽衣子は唾棄するように言った。

「乃愛、なんでおまえがここにいる？　毛利の差し金だな」

トカレフの銃口をピタリと芽衣子の額に合わせている。どうやら星野由里子に化けた乃愛だと思い込んでいるらしい。

なりすましも、敵と味方、双方がやるとややこしい。

「大金持ちの癖に、ずいぶん安い拳銃だわね。それ、マニラのコンビニで買ったんでしょう？」

挑発してやる。

「うるせい。毛利は、何を企んでいる。俺に刃向かって勝てると思っているのかよ」

西尾は毛利が山下ふ頭から消えたのは、反旗を翻しての上だと思っている。

「毛利先輩。ボスを変えたのよ」

揺さぶりをかける。公安刑事になるための訓練は、尾行や乱闘の他に話法もあった。人的情報収集では、話術が武道以上の武器になる。話術で相手の心理を揺さぶり隙を探す。

「神戸か？」

西尾の顔に動揺が走った。

「毛利さんは、いま横田基地にいるわ。わかる、この意味？　素敵なSPさんふたりも一緒にね」

「なんだって？　夏と雪をかっさらったのは毛利なのか」

「SPふたりをとられたから、すぐには防犯カメラチェックもできないでいるみたいね。彼が言っていたわ。ナンパされた女は、ナンパで取り返せるものだって」

「あのホスト野郎が！」

「遅いわよ。北京とアジアチームは負けね。いまに歌舞伎町に、ニューヨークのファミリーが大量に乗り込んでくるわよ。全員、兵隊の身分で横田や座間にダイレクトに入ってくるから、防ぎようがないわ。暴れても基地に逃げ込んでしまえば、日米地位協定で簡単には逮捕されないし」

煽り立ててやる。

「てめぇは、毛利の女じゃねえのか。何者だ！」

西尾がトリガーに指をかけたまま、一歩前に近づいてきた。相手が動いた瞬間が隙となる。

「ただの強盗」

言うなり足を回した。芝生と平行に水平回し蹴りを放つ。

「うっ」

西尾がつんのめった。上半身が泳いでいる。踏ん張った両脚の真ん中を、盛大に蹴り上げる。

「あうぅう」

爪先が睾丸を打ち砕いた。

西尾の端正な顔が一気に萎んだように見えた。言葉さえ発せずに、股間を押さえてその場に蹲る。トカレフが芝生に落ちた。芽衣子はそれを奪い、西尾に向ける。

「闇カジノのカネ狙いなら、持っていけ。二階の広間だ」

西尾が肩で息をしながら、ポケットから鍵を取りだし、芝生の上に放り投げてきた。拾った隙を狙う気だ。

「鍵はあんたが拾って、先導するのよ。どうせ金を渡すためにやってきたんでしょう」

どうやらこの屋敷で、政財界人を集めた闇カジノを開催していたらしい。

有名俳優の別邸。そこにやってくるのが閣僚級の政治家、大物財界人とあれば、多少怪しくても、神奈川県警もおいそれと踏み込めまい。

社会的に立場のある者だけを集めていたはずだ。そして、いったんここに入った限り、永遠に恐喝される。

三央連合の実質的代表である西尾が単身で、玄関前に立っていたのは、今夜のメンバーこそ、誰にも知られてはならない相手だからだ。

裏庭のテラスで眠らせた男は、おそらく、中にいる人間については何も聞かされていなかっただろう。芽衣子が窓から覗いた際にも四人の顔はわからなかった。

西尾がよろけながらも立ち上がり、正面の扉を開けた。

吹き抜けのロビー。正面に大理石の大階段があった。

まさに美術館のような造りだ。

右の壁には、この家の建前上の主である西園寺光宗の白黒写真が納まった額縁。左の壁には、屋敷を訪れた著名人たちの写真がいくつも飾られていた。人気はない。

左の隅に小さな扉がある。

「あそこは？」

「運転手の控室だ。声を張り上げるとすぐに出てくるぞ」

西尾が片眉を吊り上げた。

「その前に、肛門破裂であんた死ぬわ」

芽衣子は西尾の尻の割れ目に、銃身を差し込んだ。

「金は上だ」

西尾が階段を上がった。

大階段を上り切ると、眼前にカジノが広がった。ルーレットとバカラの台が二台ずつ。ブラックジャックテーブルが四基あった。他にスロットマシーンが五基。まさにプライベートカジノだ。

「ただのパーティグッズだ」

「そういう言い逃れ方をするのね」

西尾がルーレット台の脇を抜け、プライベートカジノの隅にある扉を開けた。テレビスタジオの副調整室（サブコン）のような部屋だった。壁際にコントロールテーブルがあり監視モニターがいくつもある。

「ここからディーラーに指示して、勝たせたり巻き上げたりの調整をしているということね」

「人聞きの悪いことを言うな。この屋敷では巻き上げるということはない。全員に勝っていただく。そのために、ディーラーが負けるように調整してやっているだけさ」

ゲームで勝たせて賄賂を渡す。収賄罪と賭博罪がダブルで適用される話だ。

隅に大型冷蔵庫のような観音開きの金庫があった。真横に大型キャリーバッグが置いてある。

西尾が進んでいる。空港で見たバッグに似ている。

テンキーに指を這わせている。カチリとロックが解除される音がして、自動的に扉が開いた。

黄金色の山に目が眩んだ。

「ここで使うチップだ。スリーナインの純金製の百グラム。二枚ぐらいならポケットも破れない。持ち帰りやすい。それにアンティークコイン」

そのメダルが山のように積まれているのだ。二十四金、百グラムなら、現行相場で一枚約五十五万円相当だ。アンティークコインとなると一枚の価格は計り知れない。

西尾が一枚摘まんだ。

「くらえや」

手首のスナップを効かせて投げてくる。芽衣子は発砲をためらった。まだ階下で密談をしている連中にバレたくない。

横に飛んで躱す。床に転がった。

純金のメダルが壁に当たり弾き返った。

「ずいぶん、豪華な手裏剣ね」

「ふざけろ。ぶっ殺してやる」

睾丸の痛みはすでに緩和されているようだ。西尾が宙に飛んだ。頭脳派とはいえ、元は暴走族の総長だ。喧嘩慣れしている。

宙で膝を折った。キックボクサーの真空飛び膝蹴りだ。腹部を狙ってきた。

「てめぇの内臓破裂させてやる」

「うっ」

芽衣子は軽く呻いた。恥骨に軽い衝撃が走った。

西尾が顔を歪め、大声を張り上げた。眼に王冠状の涙を浮かべている。芽衣子は股間から腹部にかけて鉄板のプロテクターを入れてあった。西尾の膝に激痛が走ったはずだ。

「ごめん。貞操は固いのよ」

ついでに、トカレフの銃把で、西尾の右肩骨を殴る。砕ける音がした。

これで膝と利き腕の肩の威力をそいだ。顔面にパンチを浴びせるのは痛快だが、目的による。この男にはこれからまだ働いてもらう。

芽衣子はリュックを降ろし、ダイナマイトを五本取りだした。古いタイプではない。最新式のリモコン付きだ。

すぐには動けずに床に這いつくばっている西尾の上着を捲り、腰のベルトに挿し込んだ。

「な、なにをするんだ」

「今度勝手な真似をしたら、夜空に打ちあげちゃう。金庫のメダルを、そこのキャリーバッグに入れて！」

金庫の横の大型キャリーバッグを顎で示した。

「わかった。あんた、絶対に癇癪を起こすな。ゴールドならここにあるだけじゃない。歌舞伎町の俺のアジトにこの三倍ある。それも全部やるから、な、短気だけは起こすな」

「いいから、早く入れなさいよ」

キャリーバッグに金貨を詰めこませた。すべては入り切らないが、五十パーセントはどうにか奪った。

「降ろして」

芽衣子は命じた。

「わかった。こっちに荷物用のリフトがある」

西尾がカジノルームとは反対側の扉を指さす。鉄製の枠で覆われた簡易リフトがあった。檻のような函（ゲージ）で降りる。

玄関を出た。

「キャリーバッグは、その木の裏側に置いて」

と門扉の横にあるパームツリーをダイナマイトのリモコンで指した。もうトカレフなどちゃちな拳銃を使う必要はどこにもなかった。

文字通りリモコン操作できる。西尾は素直にパームツリーの裏側にキャリーバッグを隠した。

「ＯＫ。中の四人はいつ出てくるの？」

居並ぶビッグスクーターの前で聞いた。色とりどりのスクーターが並んでいる。

「オヤジと奥村さんが、今ごろ、政治家たちに選挙資金を渡しているはずだ。ぼちぼち出てくる」

「わかった。なら、あんたのスクーターに乗って待ちましょう。どれよ」

「こいつだ」

西尾が一台を指さし、鍵を取りだしている。まだ肩と膝に充分力が入らないようだ。動きがぎこちない。

「私が後ろに乗るわ。ヘルメットを」

命じると、西尾が、隣のスクーターの座席を開けてメットを取りだした。自分のマジェスタの座席からもメットを取りだしている。

互いに被った。

西尾が座った。

「後ろでリモコンを握っているのを忘れないで」

芽衣子も後部席に跨る。

五分ほどで、まず運転手たちが駆けだしてきた。

西尾の方を向いて挨拶をしている。運転手はいずれも西尾の部下たちだ。

メルセデスと、二台のクラウンの静かなエンジン音が鳴る。芽衣子が西尾の背中を押した。マジェスタのエンジン音が轟いた。一台だけ闇の中で吠える狼のような唸り声をあげている。

メルセデスが先に車寄せに向かう。岩切と奥村と思われる男が肩を並べてやってくる。いの一番にこの屋敷から消えたいのだろう。

鉄の門扉が左右に開いて、ゆっくりと進みでた。続いて二台のクラウンが一斉に動き、車寄せに並び、トランクを開けている。

大きなボストンバッグを持った菅沼重信と東山美恵子が出てきた。ふたりとも無言で、ボストンバッグをトランクに放り込んだ。

菅沼の車が先に出た。東山の車が続く。

「追って」

ビッグスクーターも門扉を抜けた。

すぐに強羅特有の坂道になった。最初は登り坂だった。他に車はいない。菅沼のクラウンはすでに峠を越えていた。ルームミラーにも後続車は映らないはずだ。

「クラウンに追いついて」

西尾がアクセルを回す。

「助手席側につけて、運転手にウインドウを開けるように言って」

西尾は、首を捻ったが、リモコンで背中を押すと、すぐに東山美恵子の乗るクラウンの真横に付けた。

右手の親指を下げて運転手に知らせる。すぐにサイドウインドウが下がった。

「寒いわよ！」

東山美恵子のソプラノが響いた。

「暖かくしてあげる」

芽衣子は手榴弾を放り投げた。目には目をだ。

「離れて！」

スクーターがいきなり減速した。

目の前で、ボンと音がして、クラウンがオレンジ色の焔に包まれる。

「おいっ、やることが無茶すぎる」

西尾の背中が強張った。

「ガソリンに引火して、二次爆発を起こす前に、先のクラウンへ急いで」

西尾のメットのてっぺんをリモコンで叩いた。ビッグスクーターが一度シフトダウンをして、跳躍するように再加速した。

今度は下り坂の底で、菅沼のクラウンに追いついた。

「後部ウインドウを下げさせて」

「マジかよ」

西尾が、運転手に見えるように、後部ウインドウを指さし、ダウン、ダウンと言いながら人差し指を下げた。肩が痛むらしく、時折身体を痙攣させている。

窓が下がり、菅沼の能面のような顔が見えた。どうした、というような目を向けている。バーコードのような薄い頭髪は風に揺れようもなかった。

芽衣子は、アンダースローで手榴弾を投げ入れた。床に落ちた。菅沼はぼんやりしている。何を放り込まれたのかわからないのだろう。忘れ物を返してもらったように、拾い上げた。突如顔が引きつった。そこにさらにもう一個放り入れる。

「すぐに進んで！」

スクーターは一気に坂を上った。大音声(だいおんじょう)と共に、背中が熱風を感じた。

スクーターのバックミラーにクラウンが木っ端微塵(こっぱみじん)に飛び散る姿が映った。

「仕上げよ。岩切の車に接近して」

「やめろ。岩切さんを潰しても、俺たちは何も特にならない」

西尾がアクセルを回しながら、首を横に振った。芽衣子のことをまだ毛利の仲間だと信じているようだ。

「あんたが、てっぺんになればいいのよ。行く手はパラダイスよ」

肩を叩いてやる。

「痛てぇ」

叫びながらも、西尾はアクセルを全開にした。宮ノ下(みやのした)に入る直前で、メルセデスのテールランプを捉えた。

「真後ろについて」

「今度は、トランクでも開けさせるつもりか」

「まあね」

芽衣子は右腕を伸ばし、アクセルグリップを握る西尾の手に自分の手のひらを被せた。

「ラブリーな感じじゃねぇか。そうだろ。毛利じゃなくて俺についた方が、いい目を見られる」

西尾がアクセルをさらに回した。

「ぜひ見たいわ」

芽衣子はさらにアクセルを回した。全開にする。一気にメルセデスのリアバンパーが接近してくる。

「おいっ、それじゃ出し過ぎだ。追突してしまう」

西尾のそんな声を聞きながら、芽衣子は真横に飛び降りた。府中で何度も訓練した脱出技術だ。暗闇の宙を猫のように舞いながら、リモコンのボタンを押した。

闇の中とはいえ、空や地面が逆さまになるのは確実に見えた。コンクリートの舗道に総身を叩きつけられ、何度も回転した。

メットがゴンゴンと鳴る音が頭蓋に響く。

回転しながら、前方に光の洪水を見た。

ビッグスクーターに激突されたメルセデスはダイナマイトに吹き飛ばされ、何度も浮き上がっているようだった。西尾はどこまで飛んだのかわからない。

「だからてっぺんに行けるって言ったじゃん」

二十回転ぐらいしたところで、芽衣子の身体はようやく止まった。道路から少し下がった叢（くさむら）の中だった。

リュックの中の刑事用スマホは割れずに生きていた。

「任務完了。私とゴールドの回収願います」

萩原に告げた。

後処理はすべて、偽装班の仕事だ。テロ事件とヤクザ同士の抗争の二面から操作されることになる。

眠くなった。ＧＰＳで探しだされるまで、ひと眠りしよう。

光文社文庫

文庫書下ろし

女王刑事(じょおうデカ)　闇(やみ)カジノロワイヤル

著者　沢里裕二(さわさとゆうじ)

2020年5月20日　初版1刷発行

発行者　鈴木広和
印刷　豊国印刷
製本　ナショナル製本

発行所　株式会社　光文社
〒112-8011　東京都文京区音羽1-16-6
電話　(03)5395-8149　編集部
8116　書籍販売部
8125　業務部

ISBN978-4-334-79019-6　Printed in Japan

組版　萩原印刷